IRENE ADLER

SHERLOCK, LUPIN I JO

Una història d'Alessandro Gatti
Extreta de la correspondència d'Irene Adler

Projecte de Pierdomenico Baccalario
Il·lustrador: Iacopo Bruno

Títol original: *Il signore del crimine*

Estrella Polar, Av. Diagonal, 662-664, 08034 Barcelona
www.estrellapolar.cat
info@estrellapolar.cat

Primera edició: març del 2017
ISBN: 978-84-9137-203-5
Dipòsit legal: B. 2.624-2017
Fotocomposició: Auradigit
Imprès a Catalunya

WILLIAM & SONS

UPHOLSTERY

MODERN
and
LUXURY MODELS

18, Catherine Street - LONDON

Mallory
& SONS

BEST *of* TINSMITH

SINCE 1795

Frederick Fenn & B. Wyllie

ENGLISH GARDEN FURNITURE

27, Southampton Street LONDON

EUCLID

THE ELEMENTS
OF GEOMETRIE

Irene Adler

El senyor del crim

Estrella Polar

Capítol 1

UNA DAMA EN UNA CARROSSA

Estic segura que si la mare s'hagués pogut imaginar la fi que faria el seu vestit preferit, no l'hauria comprat. Ni tampoc me l'hauria deixat en herència, com els altres. Feia unes quantes setmanes, des que havia tornat el bon temps, els havíem amuntegat tots a la meva habitació, davant dels armaris oberts, per comprovar quins m'anaven bé encara i decidir què en faríem dels altres. M'hi ajudaven la senyoreta Fowler i el pobre senyor Nelson, que no solament no hi entenia gaire de roba femenina, sinó que havia d'entrar i sortir constantment de l'habitació on me'ls emprovava per no córrer el risc de veure en roba interior una senyoreta decent com jo (en paraules seves, naturalment).

Després de totes les aventures que havíem viscut junts, a mi no m'importava ni poc ni molt que el senyor Nelson em veiés en roba interior. Ja sigui perquè, malgrat els meus catorze anys, no tenia gaires rodoneses que es poguessin insinuar per sota de la roba interior, ja sigui perquè el senyor Nelson era com un segon pare per a mi.

I això feia que la situació fos una mica complexa perquè el meu pare, en Leopold Adler, un ric industrial de l'acer, no era el meu pare de debò. Pel que en sabia, el meu pare de debò hauria pogut ser el senyor Nelson, si no hagués estat per la diferència de color en la pell, perquè la seva era com la caoba dels mobles de la sala d'estar després que la senyoreta Fowler l'hagués enllustrat amb oli i la meva, en canvi, era terriblement pàl·lida, amb pigues i aquell to lletós que t'identifica irremeiablement com una noia del nord. Era prima, reprima, i molt alta (l'últim any havia fet una estirada impressionant, i ara havia superat els meus amics) i tenia el coll llarg. Era atractiva, molt atractiva. M'ho deien sovint. I això m'obligava a constatar una cosa que, en lloc d'afalagar-me, em molestava. Sort que gairebé mai sortia de casa sola i podia comptar amb la companyia, quasi constant, de dos guardaespatlles inseparables, els meus grans amics: l'Arseni Lupin i en Sherlock Holmes.

Potser jo era l'única que creia que això era una sort, perquè ni el senyor Horaci Nelson ni el pare se n'alegraven gaire, d'aquesta freqüentació tan assídua. Els motius eren fàcils d'endevinar: amb en Sherlock i l'Arseni rondàvem per la ciutat, sovint em saltava les classes de cant (que pocs mesos abans havia jurat que serien la meva única ocupació de debò) i, en una paraula, corria el perill de no aprofitar cap dels avantatges que em podia garantir el pare.

Al cap d'uns mesos en què la meva instrucció havia estat encarregada a un preceptor distret, en Leopold em va matricular al Holcombe College, una escola privada per a senyoretes situada als afores de la ciutat. Moltes de les meves coetànies haurien fet moneda falsa per anar-hi però jo la trobava horrible. Més que estudiar història i geografia, resàvem. Més que aprendre matemàtiques, apreníem a seure bé a taula. Només una vegada vaig provar de parlar a classe, davant de la nostra professora (pàl·lida i demacrada com una cabra albina), dels descobriments que el senyor Charles Darwin havia començat a publicar en aquella època, i l'única resposta que en vaig obtenir va ser enviar-me immediatament al despatx de la directora.

—Qui li ha parlat d'aquestes lectures impúdiques, senyoreta Adler? —em va demanar alçant les celles de manera teatral.

—El pare, senyora —li vaig respondre, i encara es va posar més pàl·lida—. Té les obres del senyor Darwin a la tauleta de nit. I avui, mentre esmorzàvem, ha dit que valdria la pena finançar els seus estudis, però no tinc clar què vol dir això.

La meva resposta em va costar un càstig i una carta que també convocava el pobre Leopold al mateix despatx.

Aquell vespre, el pare, que se sentia obligat a renyar-me d'una manera o altra, em va dir:

—Irene estimada, estic força preocupat pel caire que prenen els teus estudis...

Però no se'n va sortir. Perquè, al capdavall, estava d'acord amb mi. I això significava que, en el fons del fons, tampoc desaprovava els meus amics.

En aquella època érem un trio. Una època que arribava a la fi, tot i que encara no ho sabia, i per culpa meva. Ens unia el mateix esperit rebel i una actitud mancada de prejudicis davant de la vida, i ens separaven, secretament (encara que jo ja me'n començava a adonar de manera vaga), uns sentiments confusos d'adolescents, que de tant en tant centellejaven entre nosaltres. Però no eren or, tal com em semblava llavors, sinó fragments de mica que brillaven al sol.

En Sherlock m'havia besat una vegada, i abraçat —encara que fos en un estat de deliri— tal com s'abraça una amant (pel que en sabia jo a través de les novel·les). L'Arseni també m'havia besat, però despert. I més d'una vegada.

Jo també l'havia besat i (no té sentit perdre el temps amb falsos pudors quan escrius sobre tu mateixa) m'havia agradat. L'hauria volgut besar més vegades, si hagués estat possible. I si no m'hagués fet por que allò perjudiqués l'equilibri del nostre trio aventurer.

Aquests eren els meus sentiments quan, a l'interior de la carrossa que ens portava al Kennington Oval, el 16 de març de 1872, provava de posar-me, sense fer-lo malbé, el vestit de gran dama de la mare, per representar el paper d'una aristòcrata invitada a assistir a la final de la Copa d'Anglaterra. Els meus amics n'havien comprat entrades.

Si més no, m'ho havien fet creure...

—Em voleu donar un cop de mà? O us penseu passar tota l'estona mirant-me? —els vaig preguntar, mentre em tornava boja amb els gafets del vestit i la carrossa sotraguejava pels carrers desiguals de Londres.

—Per ser sincer, jo m'estimaria més contemplar-te... —em va respondre l'Arseni, tan impertinent com sempre, i va tombar el cap un moment per fer una llambregada a la meva esquena mig nua.

En Sherlock, que seia al seu costat, havia adoptat una

actitud desdenyosa que no era cap novetat. La barreja de rigidesa i de rebuig al fet que jo era una noia li donava un aspecte més semblant al d'un estruç (el nas llarg i punxegut com un bec, i els cabells esbullats com plomes) que al del geni de la lògica que coneixia.

—Ei! —vaig exclamar—. Si voleu que baixi amb vosaltres, m'haureu de donar un cop de mà... Ara mateix!

Tots dos es van afanyar a seguir les meves indicacions. Havien d'estrènyer, ajustar i cordar, i vaig notar totes les seves incerteses, aquella barreja de cautela i embadaliment de quan, tot de sobte, ens adonem de com és el cos dels altres.

Al final, la carrossa es va aturar, just davant de l'entrada principal del Kennington Oval. El cotxer, que havia vist pujar al vehicle tres adolescents, va observar amb mirada impassible com en baixaven dos homes i una senyora que, val a dir, duia un magnífic vestit de tarda, cordat d'aquella manera, sense gaire traça...

Capítol 2

UN XIULET DE MÉS

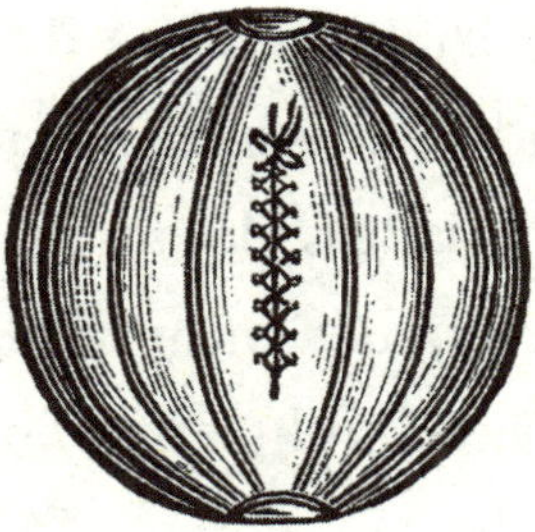

El motiu de tot aquell rebombori, no cal dir-ho, era d'allò més sucós: la final de la Copa d'Anglaterra de futbol, un esport que llavors estava molt de moda a Londres però del qual jo no sabia pràcticament res, a banda que es jugava amb una pilota de cuir que empaitaven una colla de joves. Era força excitant, si més no segons l'opinió de l'Arseni, que era el que havia organitzat la trobada d'aquella tarda. Hi havia jugat una o dues vegades, prou per enamorar-se d'aquell esport nou, i en cantava les excel·lències constantment. El driblatge (és a dir, una cursa zigzaguejant entre els adversaris empenyent la pilota, pel que vaig entendre), els camps de gespa, les porteries, que només un jugador pogués tocar la pilota amb les mans i els altres haguessin d'utilitzar exclusivament els peus. Els cops de colze, les empentes... Era com una batalla, segons que ens va explicar el nostre amic, mentre fèiem cap a la tribuna.

A en Sherlock, menys sensible a la fascinació de l'esport, el va impressionar més la forma de l'estadi (oval, tal com prometia el nom) i les graderies on remorejava el públic cada cop que els jugadors que empaitaven la pilota.

—Dubto que els anglesos s'arribin a apassionar gaire per aquest fenomen... —va ser el seu únic i lacònic comentari, cinc minuts després que hagués començat el joc. L'Arseni, en canvi, semblava hipnotitzat. A còpia de parlar-ne, va aconseguir cridar l'atenció d'en Holmes sobre el partit, que el seguia com si els jugadors formessin part d'un esquema matemàtic, del qual la pilota era l'únic element discordant.

—S'haurien de passar la pilota més sovint... —va comentar, quan dos jugadors del Royal Engineers van topar l'un amb l'altre mentre feien un driblatge.

Els seus rivals, els Wanderers, feien exactament allò que recomanava el meu amic, i al cap d'un quart d'hora escàs del xiulet inicial, van marcar.

Va ser el primer gol que vaig veure en la meva vida. És clar que, en realitat, amb prou feines el vaig veure perquè, poc abans que la pilota entrés a la porteria, tots els que m'envoltaven es van aixecar d'un salt. Tot i així, va ser emocionant, i em va envair una exaltació inexplicable i fugaç.

—Hem marcat! —va exclamar l'Arseni, i em va abraçar—. Els Wanderers han fet un gol.

Llavors vaig descobrir que érem seguidors d'aquell equip.

—Qui l'ha marcat? —vaig preguntar al senyor barbut que seia al nostre costat.

—En Chequer! —em va respondre.

Es va desfermar una petita picabaralla, perquè els seus veïns no creien que l'hagués marcat en Chequer. Més ben dit: en Chequer no existia!

—El gol l'ha fet en Betts. En Morton Betts!

—Llavors per què hi posa *A. H. Chequer*, al programa?

Va resultar que en Morton Betts, l'autor del gol que va decidir el partit, s'havia canviat el nom a posta per jugar la final. I molts dels senyors que m'envoltaven van sospesar el tema i el van discutir amb interès.

—Centrem-nos en el partit, ara! —va exclamar l'Arseni, amb passió.

—És clar, senyor Carey... —li vaig respondre.

I aquell comentari va fer que els presents es fixessin en mi. En part, perquè era l'única dona per allà. Però, sobretot, perquè l'Arseni no era el senyor Carey, ni en Sherlock el seu germà, ni jo la seva esposa. Els meus amics i jo havíem fet exactament el mateix que el davanter dels Wanderers: per a aquella ocasió, havíem elegit un nom que no era el nostre, i ens havíem infiltrat entre el públic fent-nos passar per qui no érem: els Carey. Els dies precedents al partit, l'Arseni, no sé com, havia pogut donar un cop d'ull a la llista d'invitats a la tribuna i havia descobert, per una coincidència afortunada, que els Carey no anirien a l'estadi. Per tant, els seus seients estaven lliures.

Vet aquí per què havia agafat «en préstec» el vestit de gran dama (que en teoria hauria d'haver estat desat al meu armari fins que tingués l'edat adequada per posar-me'l, i per això m'havia canviat a la carrossa). I també per això, un dels senyors barbuts que m'havia sentit pronunciar el nom «Carey» em mirava amb una expressió encuriosida.

—Arseni... —vaig murmurar, quan me'n vaig adonar. Però, com que ell no apartava la mirada dels jugadors, vaig afegir—: Sherlock?

Però aquell parell tenien la mateixa actitud que, a partir d'aquell dia, vaig aprendre a reconèixer en la mirada de molts altres mascles amb qui em relacionaria: els ulls distants del món real, projectats en un camp verd, partícips de les vicissituds d'una pilota de cuir i prescindint de tota la resta. Amb les degudes diferències (bàsicament el material amb què és feta la pilota) em passaria el mateix amb el criquet, el tennis i, al cap de pocs mesos, amb el beisbol: als Estats Units, on estava fatalment destinada... Però llavors encara no ho sabia.

Vaig aparentar la indiferència més absoluta fins a allò que anomenaven l'interval del partit, quan els jugadors van fer un descans i el públic va tenir un quart d'hora de llibertat. Vaig veure que el senyor barbut em dirigia una altra mirada inquisitiva i vaig intuir la pregunta que em faria:

—Em sembla que he sentit el cognom... Carey?

—Ho ha sentit bé... —li vaig respondre quan, inexorablement, m'ho va demanar—. Sóc la seva germana.

L'hi vaig dir amb tota la convicció que vaig poder aplegar, però vaig notar com arquejava les celles amb una expressió desconfiada.

—Però si el senyor Carey no té germanes! —va protestar.

—Però té germans! —va ficar-hi cullerada en Sherlock, agafant-me de bracet.

El rostre d'aquell senyor es va tornar vermell i les arrugues del seu front es van tensar, com si tota la seva cara s'hagués convertit en un globus a punt d'esclatar.

—Però què diu, ara?! —va exclamar—. El pobre Edward es va morir fa dos dies!

—El pobre, el pobrissó de l'Edward! —va intervenir l'Arseni, agafant-me per l'altre braç—. Va ser una cerimònia commovedora! Amb totes aquelles flors! Els oficials! I la bandera de la Marina Reial!

L'home va fer una ensumada, indignat, però indecís pel que feia a la conducta que havia d'adoptar en aquell cas. I l'Arseni va aprofitar el seu moment de dubte per sortir d'aquella situació tan incòmoda.

—És la vida! Nosaltres ja hem de tornar a casa. Espero retrobar-lo en unes circumstàncies més agradables, senyor...

—Trollhope... —va balbucejar el barbut, cada vegada més perplex, sobretot en veure la manera en què els meus dos amics em van alçar de terra i em van obligar a fer un gir de cent vuitanta graus. I també, suposo, en veure el lligament guerxo del meu vestit.

—Val més que fotem el camp —va murmurar l'Arseni, dirigint-se cap a la sortida amb decisió.

—Gràcies pel rescat —vaig dir—. Però ara ja puc caminar tota sola.

—Una intervenció genial —va afirmar en Sherlock—. Com t'ho has fet per endevinar tots els detalls del funeral?

—No té importància —va dir l'Arseni, esquivant la pregunta—. Diguem-ne que... per una afortunada coincidència... jo també hi era.

—Que el coneixies? —li vaig demanar.

—Jo? No! —em va respondre.

—Doncs què hi feies, al funeral d'en Carey?

—Fa dos dies era diumenge —va observar en Sherlock, mentre ens obríem pas entre la gentada—. I va caure un xàfec impressionant cap a les quatre de la tarda, que és l'hora en què se celebren els funerals al cementiri de West Norwood, on el terreny és extremament argilós. Tenint en compte el nivell de terra vermella que t'ha quedat enganxada a les sabates, Arseni, en dedueixo que el vas travessar carregant un pes a les espatlles.

Llavors l'Arseni es va aturar.

—Que encara ho faràs durar gaire, això? —va replicar a en Sherlock, entre empipat i divertit—. Em penso que serà més fàcil que jo mateix reveli a la Irene, com et vaig revelar a tu ahir, quina és la prestigiosa ocupació que he trobat per arrodonir una mica l'entrada de diners.

Llavors em va mirar i va afegir, secament:

—Sóc un fosser a prova. Mitja lliura al dia, dos dies a la setmana. No està gens malament, oi? Per carregar un pes mort...

—Treballes d'enterramorts? —li vaig preguntar, sorpresa—. Des de quan? —Vaig mirar en Sherlock—. Tu ho sabies?

—Me'n va fer cinc cèntims, sí —va admetre.

L'Arseni va fer un xiulet per cridar la nostra carrossa. Després, hi va pujar d'un salt i em va allargar una mà, rient.

—No et preocupis, Irene: me l'he rentat molt bé.

I, d'aquesta manera, vam deixar enrere la final i l'estadi, on ja es tornava a sentir cridòria.

Capítol 3

L'ENCÍS DE LA JARDINERIA

Vam demanar al cotxer que ens deixés a South Bank, per poder fer una llarga passejada per la riba del Tàmesi abans de tornar a casa. No vivíem gaire lluny els uns dels altres: l'Arseni havia llogat un piset al carreró de darrere de la Shackleton Coffee House, el cafè on ens trobàvem cada dia, i la família d'en Sherlock residia en una caseta victoriana, una mica més al nord de Covent Garden.

—Encara es vol canviar de casa, el teu pare? —em van preguntar els meus amics mentre passejàvem al llarg del Tàmesi.

—De moment, no —vaig respondre, evasiva. No m'agradava gaire afrontar aquell tema, perquè s'escapava al meu control—. Fa una setmana em va insinuar un hipotètic trasllat a Manchester.

—Per l'amor de Déu, no! —va murmurar en Sherlock.

—És el que li vaig dir jo —vaig comentar.

—I allò de Southampton? —va preguntar l'Arseni—. No deia que volia anar a treballar a les drassanes?

—Sí que ho deia —vaig respondre—. Però em sembla que també se n'ha desdit, d'aquesta idea.

Vaig veure un banc i m'hi vaig asseure. Encara duia posat el vestit de la mare, brut de fang perquè l'havia arrossegat per tot el moll.

—I com està? —em va demanar l'Arseni—. Continua tan... trist?

—Una mica menys. Ha deixat de parlar de com feia les coses la mama i de com les volia ella. I, la setmana passada, va donar l'ordre de buidar els armaris... Tal com sentiu. Em penso que això és un bon senyal.

En Sherlock va agafar una pedra de terra.

—El meu germà encara és a Londres —va dir, de cop i volta—. Ja en fa un mes ben bo.

—No sembles gaire content —vaig comentar.

—Perquè dormo malament —em va respondre, tot enigmàtic.

—Compartiu l'habitació? —li va preguntar l'Arseni.

—Diguem que la nostra convivència era impossible i, per aquest motiu, l'hi he... cedit —va respondre amb una ganyota amarga—. No tinc gaires ganes de veure'l. Ni ell a mi, em sembla. —En Holmes tenia una expressió estranya en què, a més de disgust, em va semblar entreveure-hi un vel de tristesa—. Tant se val! No s'hi quedarà gaire més temps. I al jardí s'hi està la mar de bé.

En Sherlock va tirar la pedra, que va rebotar unes quantes vegades per damunt de l'aigua i després es va enfonsar en el fangós Tàmesi. Tots tres vam tenir clar que la conversa s'havia encallat i ens vam acomiadar fins l'endemà.

Però en Sherlock va dir que havia de fer un encàrrec prop de Berkeley Square i vam continuar caminant junts perquè quedava en el camí de casa. Durant gran part del trajecte va estar en silenci i caminava amb les mans darrere l'esquena.

—Estàs preocupat? —li vaig preguntar en un moment determinat, ja que insistia a no parlar amb mi.

—No gaire.

El vaig mirar.

—Quina mena de resposta és «no gaire»?

—La resposta correcta —em va replicar, sorprès.

—Però no és la resposta que s'espera una persona que vulgui parlar amb tu, no trobes?

—Que vols parlar amb mi? —em va demanar.

—Per l'amor de Déu, Holmes! —vaig exclamar—. Sí que vull parlar amb tu! És el que fan els amics!

—Tu i jo no som amics —va replicar ell.

—Ah, no?

—No.

Va assenyalar el meu vestit esparracat i la seva jaqueta, elegant però llardosa.

—Jo sóc el senyor Carey. I tu, la meva gentil esposa...

Vaig fer una rialleta.

—T'agradaria?

—No, i ara! —va respondre—. Estic totalment en contra del matrimoni. Per una colla de motius molt vàlids.

A la cruïlla entre Chesterfield Hill i Hay's Mews li vaig fer un petonet ràpid a la galta i ell em va repenjar una mà a l'esquena, amb força.

—Fins demà, Holmes.

—Fins demà, senyora Carey.

Me'n vaig allunyar amb la sensació que em volia dir alguna cosa però no se n'havia sortit i, capficada en les meves confuses reflexions, vaig recórrer els últims metres que faltaven per arribar a casa. Un cop allà, encara distreta, anava a empènyer el reixat del jardí quan algú me'l va obrir.

—Gràcies —vaig dir, automàticament. I al cap d'un moment em vaig adonar, sorpresa, que tenia al davant un noi no gaire més alt que jo, amb els cabells rossos i un somriure esplèndid.

—M'imagino que vostè és la senyoreta Irene... —va afirmar el fascinant desconegut—. Permeti'm que em presenti. Em dic Paul. Paul Letrieve.

—Molt de gust... Paul —li vaig respondre, allargant-li la mà.

Es va excusar per no acceptar-la:

—Perdoni, però estic brut de terra perquè... Hi ha molta feina a fer, al seu jardí.

Llavors em vaig recordar que el pare, en un rampell primaveral, volia endreçar tota la casa i havia posat un anunci demanant una persona que tingués cura del jardí, que durant l'últim any, tan tumultuós per a nosaltres, s'havia transformat en un erm inculte, a mig camí entre una selva i una estepa desolada.

—Oi tant! Hi ha molta feina a fer... —vaig respondre, intuint que el tal Paul devia ser el jardiner que havia contractat el pare.

Ens vam acomiadar i vaig anar cap la porta de casa, somrient perquè me'l tornaria a trobar els dies següents. Abans de desaparèixer escales amunt, li vaig llançar una mirada fugaç i em vaig adonar que aquell noi també em mirava. Ell va abaixar la mirada de seguida i jo vaig apressar el pas, com si m'hagués mossegat una serp, però ja no hi havia res a fer: era evident que tots dos érem curiosos.

Podia ser pitjor, vaig reflexionar, mentre pujava els esglaons de casa de dos en dos. A més, la jardineria era una de les activitats més escaients per a una senyoreta de bona família i, per una vegada, estava més que disposada a representar aquest paper.

Capítol 4

UN CUINER, UN ATACONADOR I UNA FLETXA

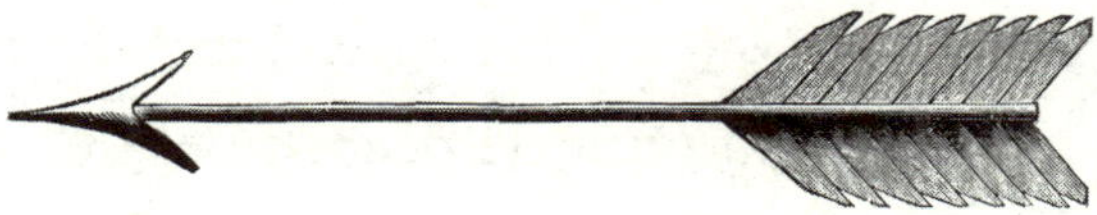

Aclofat a la butaca de la Shackleton Coffee House, en aquell racó de què ens havíem apropiat de manera tàcita, en Holmes feia cara de pomes agres. Mirava finestra enfora com si, en realitat, no veiés res, i va fer veure que no s'adonava de la meva arribada fins que no em vaig asseure davant seu.

—És de la teva mare. Molt bonic —em va dir, sense deixar de mirar per la finestra.

—Com dius?

—El vestit que portes. És lleugerament massa curt per a tu, i no és de la mena de color que tu triaries. Però t'està molt bé.

«Típic d'en Holmes», vaig pensar. Era incapaç de ferte un elogi sense que et vingués el dubte de si, en el fons del fons, sentia un punt de disgust pel que t'havia dit. Com si dir una cosa simpàtica o agradable a una amiga obrís el camí a una colla de coses fútils, com ara que li corresponguès amb un compliment o qualsevol altra gentilesa inútil.

En un dia normal, li hauria clavat un moc, potser li hauria dit que tragués les potes de damunt de la taula (on havia repenjat els peus sorollosament). Me n'hauria burlat o, si tenia la vena pèrfida, li hauria fet un comentari sobre el forat rodó que tenia a la sola de la sabata esquerra, que ell, sens dubte, considerava superflu fer adobar... o, potser, massa car.

De tots tres, ho havia de tenir ben present, jo era la que gaudia d'una situació econòmica més sòlida. A en Leopold, l'home que m'havia fet de pare, se'l podia definir tranquil·lament com un milionari. (I el meu pare de debò, tot i que llavors encara no en sabia res, d'alguna manera encara era més ric que ell.)

La branca materna de la família de l'Arseni era rica, amb ascendents nobles, però l'Arseni els detestava i s'estimava més seguir les petjades del seu pare, en Teofrast, acròbata d'un circ ambulant, expert en arts marcials i lladre de pisos a estones perdudes. Tres activitats que, malauradament, havia ensenyat amb rapidesa al seu fill, abans que els seus camins se separessin. Ja feia gairebé sis mesos que en Lupin vivia sol en un pis de Marshall Street, a poca distància de la Shackleton Coffee House, sota l'aparença d'un inversemblant cavaller francès, i es pagava el lloguer fent feinetes, entre les quals figurava, tal com havia sabut feia poc, la d'enterramorts.

La situació familiar d'en Sherlock, en canvi, no era tan ambigua. Devia ser el seu germà gran, en Mycroft, qui portava a casa gran part dels diners necessaris per a la manutenció de la família: havia obtingut una beca per a la Universitat d'Oxford i ja treballava al servei de la Corona, i semblava destinat a fer una carrera brillant.

La seva mare feia petites feines de modisteria per a altres senyores; era per això que, de tant en tant, en Sherlock havia de tenir cura de la Violet, la seva germana petita, amb qui estava molt unit. El seu pare era el gran absent del retrat familiar: amb prou feines en sabia que s'havia mort vuit anys enrere, i que a en Sherlock no li agradava gens parlar-ne.

No em constava que l'Arseni hagués anat mai a l'escola, mentre que en Sherlock freqüentava el segon curs a la Saint Paul's School, després d'haver viatjat per mitja Europa durant la infància, seguint la carrera del pare. Però allò també era força boirós, i només que li esmentés el tema, es tancava en un silenci obstinat.

A l'Arseni no li feia res parlar de diners: feia equilibris per guanyar-se unes quantes lliures que es gastava de seguida. Però cap dels dos, mai, es va aprofitar de la nostra amistat ni de la posició del meu pare per aconseguir diners. I això, ho admeto, els honorava, però també m'impedia poder-los ajudar.

En qualsevol cas, aquell dia no era normal (el meu amic estava més esquerp que de costum i el diàleg d'abans m'havia deixat la sensació que passava per un mal tràngol) i, per tant, no vaig replicar amb una resposta tallant ni em vaig burlar dels forats de les seves sabates, sinó que vaig provar de sorprendre'l amb un comportament més dolç. Li vaig acariciar una mà i li vaig dir:

—Gràcies, Sherlock. Ets molt amable, de debò.

Em va mirar com si li hagués passat un corrent elèctric. Com si jo no fos jo i ell no fos ell. Una part de la nostra amistat es basava en l'acord tàcit de comportar-nos tal com ens sentíem, al límit de la mala educació quan teníem un mal dia (i tots tres en teníem sovint), sense que això tingués cap mena de repercussió.

La meva resposta va empènyer en Sherlock a sortir dels seus pensaments i a examinar-me buscant algun detall fora de lloc, amb aquell ull clínic que, més que la mirada d'un amic preocupat, s'assemblava a la manera en què un carnisser estudia la carn del bou que li han portat per valorar-ne la qualitat.

—Relaxa't, Sherlock —li vaig dir per tranquil·litzar-lo—. Tot va bé. No tinc cap problema a la vista. I tu?

—Jo tampoc en tinc cap, de problema —va respondre, alçant una cella. I després va afegir—: Per desgràcia.

—I el teu germà?

—Encara és a casa.

—I tu?

—Encara en sóc fora, al jardí.

Em va explicar que havia improvisat un jaç al cobert de les eines i que s'hi trobava la mar de bé, deixant a part la incomoditat de dormir a terra. I quan li vaig preguntar per què no volia dormir a casa seva mentre hi era el seu germà, em va donar una resposta glacial:

—Per no donar-li aquesta satisfacció.

Per les poques paraules que hi va afegir, vaig comprendre que havia passat alguna cosa greu entre tots dos. O, potser, tot el contrari, és a dir, que no havia passat mai res. Jo no era una experta en relacions familiars, però em semblava haver reconegut una dada comuna en el rigor sobtat i la incertesa que manifestava el meu amic cada vegada que tocàvem un tema que, d'alguna manera, tenia relació amb els seus afectes. El que d'entrada m'havia semblat un desacord normal entre dos germans amb caràcters i tendències diferents, potser tenia unes arrels més profundes: potser tenia a veure amb el seu paper a la família. Totes les eleccions d'en Mycroft estaven orientades a l'èxit personal i a fer carrera, mentre que en Sherlock semblava experimentar un obscur plaer afrontant l'escola amb uns descarats aires de suficiència. A hores d'ara, tenint en compte el camí que va prendre el meu amic més tard en el decurs de la seva vida (una de les ments més genials que ha conegut la nostra època però també un detectiu per a qui el desafiament al crim no era altra cosa que un joc per salvar-se de la tètrica abraçada de l'avorriment), puc afirmar que, en aquells dies, la figura del germà es tornava cada vegada més opressiva. En Mycroft portava els diners a casa, però sempre estava absent (com el pare, en la infància d'en Sherlock), i al meu amic, més jove, li pertocaven unes tasques més casolanes i menys solemnes, com ara tenir cura de la germaneta o anar a comprar el te a l'adrogueria.

Però tot plegat eren, ho reconec, uns pensaments vagues, i massa aleatoris per convertir-los en el tema de debat d'aquell dia a la Shackleton Coffee House. I, d'alguna manera, també eren impertinents per la seva falta de discreció. Als meus amics, no els havia exigit mai que em fessin confidències personals, ni ells a mi. La nostra amistat tenia uns confins clarament establerts i els territoris inexplorats que s'estenien més enllà d'aquell límit era com si no existissin per a nosaltres. Com un jardí ben delimitat per una tanca.

I, parlant de jardins...

—El pare ha contractat un jardiner nou —li vaig comentar, per dir alguna cosa.

—Ah, sí? —va esbufegar en Sherlock.

—Es diu Paul —vaig afegir—. És molt guapo.

—I això fa que sigui un bon jardiner?

—Doncs, no ho sé. Però... —Vaig arronsar les espatlles—. És agradable de veure.

—«Agradable de veure»? Parles d'una persona o d'un gos?

—Ostres, Sherlock! —vaig exclamar—. Saps de sobres què vull dir. No és un gegant gras amb l'alè pudent que planta peònies a les bardisses de casa.

—No s'hi planten peònies, a les bardisses —va replicar ell—. I ara no és l'estació de plantar peònies.

—Ets insuportable! —li vaig etzibar—. Tens un caràcter insuportable!

Vaig mirar al meu voltant, buscant alguna distracció. Però l'Arseni no hi era i no em vaig atrevir a preguntar a en Holmes si sabia on parava. I la Shackleton era mig buida. Aquell dia feia un sol resplendent i gran part dels londinencs havien decidit sortir de casa i passar la tarda passejant. Semblava que solament nosaltres, dos adolescents amb expressió fosca i el cap ple de cabòries, érem els únics que ens estimàvem més estar encauats en aquell racó fosc del local.

Després, tot de sobte, ho vaig entendre.

—Que estúpida que sóc! —vaig dir en veu alta.

Ell em va mirar. I per la cara que feia em vaig adonar que ho havia encertat. Era tan clara, aquella mirada, i el que amagava, que em van venir ganes de riure. En Sherlock Holmes no estava de mala jeia pel conflicte amb el seu germà, ni tampoc perquè dormia al cobert del jardí. No el turmentava res que tingués a veure amb mi ni amb el nostre trio. Més ben dit, sí, però no en el sentit que no s'atrevís a dir-me alguna cosa. No. No hi tenia res a veure. Tot allò eren pensaments de noieta, d'una adolescent que creixia de pressa. Ras i curt: en Sherlock Holmes s'avorria. Amb l'Arseni fora de la circulació dos dies a la setmana i la falta d'un repte, d'una aventura, ni que fos una altra final de futbol on esmunyir-nos fent-nos passar per uns altres, la llarga ombra de la inactivitat mental se n'havia apoderat. Era com una mosca atrapada en una teranyina, que era ell mateix. I, com que tan impossible li resultava alliberar-se'n com devorar-se a si mateix, s'estava allà, emmurriat, mirant aquell sol que alegrava a tothom menys a ell.

—Necessites fer alguna cosa —li vaig dir.

—Necessito que hi hagi alguna cosa per fer —em va corregir el meu amic, posant les coses en l'ordre correcte. Les coses se li presentaven i ell les acceptava, les analitzava i les desmuntava. Però no a l'inrevés.

Sobretot quan estava d'aquell humor tètric.

—Ara et demostraré per a què serveixen els amics... —li vaig dir, aixecant-me de la cadira, tota decidida.

—Si et penses que em convenceràs perquè t'ajudi a fer el canvi d'armaris... —va respondre.

—Prou que t'agradaria! —li vaig dir per burxar-lo, somrient. Després, vaig anar a buscar la font de qualsevol aventura possible. El mapa de tots els tresors londinencs. La nostra brúixola. El nostre oracle.

El *Times*.

En vaig trobar un exemplar mig estripat damunt d'un sofanet que era a l'altra punta de la sala. El vaig agafar i el vaig desplegar davant meu. Ràpidament, vaig llegir les columnes de la primera pàgina per passar de seguida a aquells entrefilets tan sucosos que el mateix Sherlock m'havia ensenyat a degustar.

—Ei, que ho sabies? —li vaig preguntar quan vaig tornar al nostre racó—. Els Wanderers van guanyar la copa, amb el primer gol: un a zero. Mira que bé! Ahir no ens vam perdre res. Em pregunto... per què ens havíem de quedar fins al final, si després no va passar res més d'interessant? És molt millor el teatre que el futbol, no trobes?

—Tu i jo, potser, ens estimem més el senyor Shakespeare que una colla d'individus en calçots que empaiten una esfera de cuir. Però entenc què atreu la gent que s'aglomera a les graderies: el factor imprevist —va comentar en Sherlock—. Quan assisteixes a un espectacle teatral saps el que, segons el guió, arribarà cap al final. Pots provar d'anticipar-t'hi, d'imaginar el desenvolupament de la trama, però tens clar que, abans de sortir d'aquella sala, ploraràs o riuràs. A l'estadi no ho pots saber, això. També pagues pel risc d'avorrir-t'hi.

—Si és una manera recargolada d'invitar-me al Globe, t'hi hauràs d'esforçar una mica més —li vaig dir, sense deixar de fullejar el *Times*.

—Vindries?

—Si t'hi esforces una mica més —vaig replicar.

Vaig veure que s'encenia una guspireta als seus ulls perspicaços. I me'n vaig penedir, perquè em vaig imaginar que assistíem plegats a una representació de *Macbeth*, *Hamlet* o *Enric V.* Morts, traïcions i vessament de sang per qüestions de poder. És a dir, el que menys m'interessava de la vida, perquè, d'alguna manera, sense voler-ho, hi estava implicada. I, just quan provava d'espolsar-me el trist record de quan la meva mare de debò m'havia revelat que el meu naixement i que em donés en adopció a la família Adler tenia a veure amb unes obscures intrigues de poder al regne de Bohèmia, vaig trobar al diari la mena de notícia que buscava.

—Fixa-t'hi, Holmes: n'hi ha per sucar-hi pa! És un cas dels que ens agraden a nosaltres! —vaig exclamar—. Escolta: «El senyor Archer, un humil ataconador dels baixos fons, ha agredit el xef francès de l'Hotel Bingley's, a Drury Lane, i l'ha ferit greument amb una... fletxa».

—No! —va exclamar en Sherlock Holmes.

—Sí, el senyor Archer, és a dir «arquer», que encara que sembli increïble va agredir un home servint-se d'una fletxa... —vaig afegir—. Però la cosa no acaba aquí: pel que sembla, van trobar el senyor Archer, completament borratxo i amb l'arc a les mans, a South Bank. L'home va jurar que no en sabia res, ni del cuiner ni de l'arc, però això no va evitar que el tanquessin a la garjola.

—Sorprenent! —va admetre en Sherlock, en aquell moment—. No hi diu res més?

—No, em sap greu —vaig replicar. Però ja havia aconseguit el que volia: els engranatges mentals del meu amic s'havien posat en funcionament i, per la manera com movia les pupil·les, gairebé podia seguir les seves hipòtesis a mesura que les formulava i descartava.

—Un crim passional? —vaig provar d'interrompre'l amb l'esperança que m'impliqués en les seves elucubracions.

—M'estranyaria molt —va respondre—. Caldria saber on vivia el senyor Archer, però... així, d'entrada, jo diria que hi ha un abisme social entre tots dos. El Bingley's és un hotel de categoria, molt prestigiós, i dubto que hi puguis entrar a treballar com a xef si no tens els contactes adequats... El cuiner és francès, oi?

—Bé ho sembla.

—Archer no és un cognom francès. Per tant, ja podem excloure aquesta pista...

—«Un ataconador dels baixos fons», escriuen al *Times*...

—Això pot ser una nota de color que s'ha empescat el periodista per fer més interessant el cas, però...

—Jo ja trobo prou interessant que un home que es diu «arquer» hagi volgut matar algú amb una fletxa —vaig observar.

—Justa la fusta. No calia guarnir més la notícia; per tant, és possible que es tracti d'un humil ataconador. I si és dels baixos fons, vol dir que té l'obrador en un barri de Londres on viuen persones que es fan adobar les soles de les sabates sense gastar gaires diners.

En aquell moment, vaig mirar la sola foradada d'en Sherlock. L'hi vaig assenyalar i, ensenyant-li un grapat de penics, li vaig proposar:

—Què et sembla si anem a fer un parell de preguntes al barri dels sabaters?

Al cap de poc, vam pujar a l'òmnibus en direcció a Tottenham Road, des d'on pensàvem anar fins a Shoreditch, una zona on abundaven els tallers de sabaters i ataconadors.

Capítol 5

UN TOMB PER SHOREDITCH

Vam passar una tarda molt agradable buscant informació sobre el misteriós arquer de l'Hotel Bingley's. I no solament perquè vaig veure que, a poc a poc, els ulls d'en Sherlock tornaven a centellejar amb aquella llum especial que li havia vist tantes vegades, sinó perquè, per una vegada, semblava que havíem elegit una investigació divertida i vagament absurda, que no tenia cap més pretensió que omplir unes quantes hores de lleure. Quan vam arribar a Shoreditch, em vaig penedir d'haver-me posat el vestit que duia: em va tocar travessar els carrers aixecant-me'l gairebé fins als genolls per no arrossegar les escombraries pudents que els cobrien fins que, pel mòdic preu d'un penic, vaig comprar a un botiguer d'Old Street dues pràctiques gafes d'estany per arremangar-me la vora de la faldilla i caminar amb les mans lliures sota la mirada d'en Sherlock, que manifestava una desaprovació encuriosida.

Com sovint passa als barris populars (i Shoreditch ho era, sens dubte), l'afer del senyor Archer no solament havia arribat a totes les botigues sinó que, a més, s'havia convertit en una petita llegenda. Ja no era una fletxa sinó tres, cinc, un buirac sencer. I ja hi havia una dotzena de víctimes, d'origen indi, o de color...; gairebé ningú parlava del cuiner francès.

Era una mica complicat arribar fins a la tronada taula on el senyor Archer solia adobar les soles dels seus clients, perquè la rodejava una gran gentada; per això ens vam decantar per una botigota una mica apartada per fer les nostres preguntes més insolents.

Com era el senyor Archer? Tan tranquil que gairebé resultava avorrit. Era un home baixet i es veu que treballava poc però que ho feia prou bé. Pel que sembla, sempre deia que abandonaria la ciutat perquè Londres era una massa de fang i se'n tornaria al seu Dorset natal, però no ho feia perquè, segons que va dir amb molt mala bava l'ataconador que adobava la sola d'en Sherlock mentre el meu amic se l'escoltava assegut en una cadira de vímet com si estigués al tron de Dinamarca, li feia vergonya tornar a la seva casa de pagès més pobre que abans de marxar-ne. I, per tant, s'estimava més podrir-se a la ciutat.

El detall de l'arc i les fletxes era un misteri. No solament ningú sabia que el senyor Archer tingués un arc, sinó que tampoc semblava la mena d'home que n'hagués utilitzat mai cap, ni tan sols al tir amb arc de les fires ambulants. Bevia molt, això sí, i ens ho van confirmar moltes persones, però qui no ho feia, si en tenia l'oportunitat?

Ens va resultar totalment impossible establir-hi cap mena de relació amb el cuiner del Bingley's. En aquell barri no hi havien vist mai cap xef, i el senyor Archer no havia entrat mai de la vida en un restaurant amb cara i ulls.

I doncs? Què n'havíem tret, d'aquella inspecció?

Un misteri.

Que era exactament el que ens feia falta.

Quan tornàvem cap a casa, enxubats com sardines a l'òmnibus (jo m'estimava més desplaçar-me per la superfície que davallar a les profunditats dels vagons del ferrocarril metropolità), ens moríem de ganes de compartir aquell descobriment amb l'Arseni perquè estàvem segurs que l'estrafolari episodi del senyor Archer desfermaria la seva passió per les hipòtesis fantasioses. A més, el fet que el pobre cuiner enfilat amb una fletxa fos un paisà seu atiaria encara més la seva imaginació.

En lloc d'acomiadar-se de mi a la cantonada habitual, en Sherlock em va acompanyar fins a la porta de casa. Ingènuament, em vaig pensar que era per parlar del cas del senyor Archer fins a l'últim moment, però quan el vaig veure escrutar el nostre jardí, vaig comprendre que en Sherlock buscava el jardiner nou.

Em va fer somriure la idea que, d'alguna manera, n'estigués gelós. Però em vaig estimar més deixar de banda aquesta idea i vaig suposar que, molt més senzillament, es tractava de la seva manera de ser amable i protector amb mi.

—Fins demà —li vaig dir davant del reixat—. Pensa en el nostre Guillem Tell, eh?

—Oi tant, senyora Carey! —em va tornar a dir, a tall de comiat.

Pel que semblava, li havia agafat gust, a estar casat amb mi.

Capítol 6

UNA QÜESTIÓ D'APARENCES

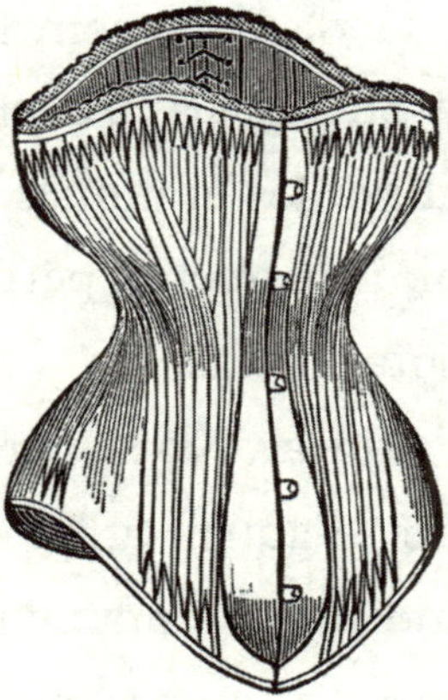

Les cortines del meu dormitori eren gruixudes, d'aquella seda arrugada que té un nom oriental que no recordo mai. Cada vegada que les tancava, feia lliscar les anelles pel suport amb un soroll d'artilleria i l'habitació quedava a les fosques. Jo, des del llit, m'imaginava que les siluetes dels mobles del meu voltant eren els perfils d'una ciutat exòtica, i queia en un son profund.

Vaig tenir un somni molt inquietant, aquella nit. M'enfilava en un arbre, un arbre qualsevol, en un parc, que tant podia ser Hyde Park com les Tulleries, amb els meus amics. En Sherlock i l'Arseni em precedien i grimpaven àgilment per les branques. Tots tres anàvem descalços. Al somni, hi percebia perfectament el tacte aspre de l'escorça sota els dits.

Ens hi havíem d'afanyar. No sé per quin motiu, però arribar al capdamunt d'aquell arbre era d'una importància vital. Jo ascendia més lentament i de manera feixuga, tal com em passava sempre, als somnis, i un vent molt empipador no parava d'estrebar-me la faldilla, que se m'enganxava a les branques. «Que absurd! Per què porto una faldilla tan llarga?», em demanava en el somni.

I després, tot de sobte, m'adonava que hi havia algú més, per sota meu, que s'enfilava ràpidament al mateix arbre. Era un noi amb cara de linx, una cara que jo reconeixia en el somni, però que, en realitat, no tenia ni la més remota idea de qui es tractava. Ell pujava i jo continuava provant de grimpar, de subjectar-me la faldilla entre les cames i d'allunyar-me de la seva expressió malèvola, però no me'n sortia. Sentia les veus d'en Sherlock i l'Arseni que, per damunt meu, em deien que m'apressés.

Després, de cop i volta, es va trencar una branca de l'arbre; no era la que jo aferrava, però vaig ser jo la que va caure, i el vestit se m'estripava, i llavors em vaig despertar, sobresaltada, al llit del meu dormitori, abraçada a un vestit de la mare. El vaig llençar a terra i després vaig contemplar, desconsolada, l'estesa de vestits amuntegats pertot arreu, damunt de la tauleta de nit, damunt dels divans, damunt de totes les butaquetes de l'habitació...

«Ja n'hi ha prou!», em vaig prometre, pensant en el somni i en aquells vestits que em turmentaven. Havia de posar ordre a aquell desastre.

—Bon dia, papa... —el vaig saludar quan vaig baixar a esmorzar.

Ell va abaixar el diari, em va dedicar un somriure càlid i jo li vaig fer un petó a la galta. Em vaig asseure a la petita taula, davant seu, i li vaig preguntar:

—Que hi ha cap novetat en el cas de l'arquer?

Òbviament, en Leopold no havia llegit l'entrefilet del dia abans i no sabia de què li parlava; per això em va mirar interrogatiu per damunt de la pàgina del diari.

En aquell moment, el senyor Nelson va entrar a la saleta de l'esmorzar i vaig aprofitar aquella distracció per canviar de tema i evitar una preocupació al pare.

—Bon dia, Horaci! —el vaig saludar amb veu alegre.

—Senyoreta Irene... —em va respondre—. Ha dormit bé?

—Precisament volia parlar amb tu! —vaig continuar dient—. Ja m'hi he decidit.

—Molt bé, senyoreta Irene —em va respondre el nostre colossal majordom de color—. I què ha decidit?

—Doncs que avui, d'una vegada per totes, endreçaré els vestits de la mare.

—Una decisió molt sàvia, senyoreta Irene... —em va felicitar, encara que, pel to escèptic de les seves paraules, era evident que no s'acabava de creure que jo mantingués el meu propòsit—. Aviso la senyoreta Fowler perquè vingui a ajudar-la?

—No cal! —vaig exclamar—. Ho faré tota sola.

Els dos homes que hi havia en aquella sala es van intercanviar una mirada que no em va passar per alt. Després, l'Horaci va insinuar una inclinació impecable i el pare va amagar els bigotis darrere del diari.

«Ai, els homes!», vaig pensar.

Vaig acabar d'esmorzar i vaig pujar a l'habitació. Vaig obrir les cortines i les finestres de bat a bat per deixar entrar l'inconfusible brogit de la ciutat.

Després, per assegurar-me que no em destorbava ningú, vaig tancar la porta del dormitori. Quin rampell m'havia agafat?

No ho sabia del cert, però ja feia dos dies que em sentia incòmoda dins dels meus vestits, i el malson de la grimpada a l'arbre demostrava que aquell neguit també s'havia estès a les meves nits.

Indecisa, em vaig mirar al mirall i, per una vegada, no solament em vaig observar els ulls i les pigues que sorgien per sota, sinó tot el cos. I em vaig veure, vaig veure el jo que coneixia, una mica més alta, sí, però era el meu jo de sempre, una figura seca i nerviosa.

Tot i així... Ja no cabia als meus vestits. Els meus vestits còmodes, habituals, els de sempre. Se m'ajustaven perfectament a la cintura i darrere del coll, però em tibaven a les espatlles i als malucs, com si, de sobte, s'haguessin estret en alguns llocs. Els de la mare, en canvi, almenys els que em semblaven portables (és a dir, que no em feien semblar una merenga), se m'adaptaven perfectament, però em curtejaven de mànigues i turmells, com havia observat molt diligentment en Sherlock, el dia abans.

Em vaig passar tot el matí emprovant-me vestits, cordant i descordant, mentre les cortines voleiaven amb la brisa primaveral. Passava d'una faldilla a una altra, saltava d'un cosset al següent. Amb prou feines em mirava al mirall per anar més de pressa, i repartia tot el contingut del meu armari i del de la mare en tres piles cada vegada més informes: els vestits que ja no m'entraven, els que hi entrava i en sortia com si portés xanques, i els que no tenia cap intenció d'emprovar-me per no haver de moure'm com un llum de sostre o que el vent m'impedís enfilar-me a un arbre amb els meus amics.

Ho feia de pressa, i com més veia créixer les piles de roba, més satisfeta em sentia. Encara que cada vegada tenia més clar que, tenint en compte la minsa quantitat de peces de roba que se m'adaptaven perfectament, n'hauria de portar moltes a una modista perquè m'hi fes els retocs necessaris.

Mentre estudiava aquesta possibilitat, vaig sentir algú que xiulava a fora. Encuriosida, em vaig abocar a la finestra amb un cosset i una faldilla que no feien joc, i vaig veure en Paul, el jardiner, que feinejava al jardí. «Fantàstic!», vaig pensar, abocant-me una mica més. Arrossegava un carretó ple d'eines, noves i lluents: aixada, pic, pala, falç, càvec i dues menes diferents de rascles.

En Paul ja havia segat les herbotes més altes i esponeroses, i ara, amb les mans als malucs, devia rumiar què més havia de fer. I mentre l'observava, es va tombar cap a mi i em va saludar.

No sé per què, però vaig fer un salt enrere, cap a l'interior de l'habitació. I quan em vaig mirar al mirall, vaig veure que les meves galtes tenien el mateix color dels meus cabells...

Vaig tornar a donar un cop d'ull al jardí, però sense abocar-m'hi. I vaig veure l'esquena d'en Paul, que estava inclinat, cavant al prat.

«Ostres!», vaig pensar. I vaig arrencar a riure.

Que jo el pogués veure des de dins volia dir que ell, durant tot el matí, m'havia vist saltironar d'un vestit a l'altre com una abella de flor en flor. Què devia haver pensat de mi? Que era una nena malcriada que només pensava en la moda?

—No, Paul: així no anem bé —vaig dir al meu reflex del mirall.

Havia d'aclarir aquell malentès. Em vaig emprovar ràpidament els últims vestits, i després em vaig posar uns pantalons de fustany i un jersei del pare (sabia on havia guardat els de quan era jove) i, al final, vaig cridar el senyor Nelson i la senyoreta Fowler per comunicar-los la meva decisió.

—Els d'aquella pila... a la brossa! —vaig exclamar, imperiosament. Però després, en veure la mirada perplexa de la minyona, em vaig corregir—: Se'ls pot quedar vostè, si li agraden. Els d'aquesta, els hauré de fer allargar, però me'ls puc quedar. Aquests ja no em van bé, no entenc per què. Potser no eren de bona qualitat i...

Vaig sentir que el senyor Nelson s'escurava la gola. Em vaig girar de cop.

—Què et fa tanta gràcia, Horaci?

—No res, senyoreta Irene —va respondre—. Absolutament res! Sens dubte eren teles de poca qualitat que, ehem..., s'han encongit amb el pas del temps.

—És clar —vaig respondre, més decidida que mai a negar l'evidència. És a dir, que jo havia crescut més del que estava disposada a admetre.

Vaig agafar una gorra de cacera del pare, que estava penjada en un ganxo del rebedor i, finalment, vestida com Déu mana, és a dir, d'home, còmoda i sense marcar formes, vaig baixar al jardí, més decidida que mai a ajudar en Paul a posar ordre en aquell petit camp de batalla en què treballava. I a demostrar-li que si s'havia fet cap idea sobre mi mirant per la meva finestra, es tractava d'un simple malentès, perquè jo era perfectament capaç d'arrossegar un carretó, tallar una bardissa, podar un roser grimpaire i fer tot el que fos necessari.

Capítol 7

EL CAS DELS CULPABLES NO CULPABLES

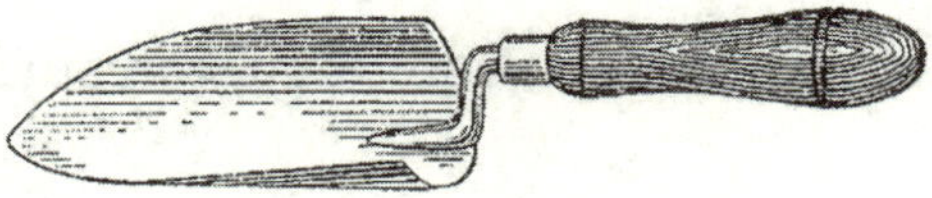

Era una notícia imperdible. I, evidentment, els meus amics no se la van perdre. Em van venir a buscar a casa i em van trobar ajupida al costat d'un matoll, empastifada de terra de cap a peus, però insòlitament satisfeta.

—Ei, *mademoiselle la jardinière*! —em va cridar l'Arseni, així que em va reconèixer.

Estava morè i feia un somriure radiant. Duia una camisa blanca molt bonica, uns pantalons estrets i els seus habituals mocassins elegants (els únics que tenia). Al seu costat, en Sherlock es veia més corpulent, escabellat, i encara que era més alt que el seu amic, semblava replegat sobre si mateix, com el mecanisme d'un reixat encallat.

—Nois! —els vaig saludar alçant el càvec amb què, sense pietat, omplia de forats el racó del jardí que m'havia confiat en Paul.

—M'equivoco o aquest parterre estava molt millor abans que tu l'agredissis? —va dir l'Arseni, que continuava prenent-me el pèl—. Te'n recordes, Sherlock? Hi havia una estesa de prímules grogues... o eren safraneres?

En Sherlock va fer un somriure de circumstàncies. I just en aquell moment, en Paul va aparèixer per darrere de la casa. S'havia arremangat la camisa per damunt dels colzes i portava una caixa de rododendres amb què, segons m'havia explicat, pensava encatifar tot aquell costat del jardí, perquè era a l'ombra. A l'altre costat, el que donava al sud, hi plantaríem glicines enfiladisses i després les hortènsies, adossades a la paret, i també...

Em va semblar que en Sherlock ensumava l'aire. I, ho hauria jurat, va donar un cop de colze a l'Arseni. Ras i curt: tots dos van clavar la mirada en en Paul com dos pòinters en un senglar.

El jardiner, per la seva banda, es va limitar a fer un breu cop de cap, com si ja es coneguessin tots tres i, per la manera com es van ignorar, de sobte em va tornar al pensament el somni de la nit abans. Que era en Paul, el que s'enfilava darrere meu?

Quina ximpleria!

—Nois! Arseni, Sherlock... us presento en Paul, el nostre jardiner —vaig dir amb veu cridanera, fent les presentacions—. Paul... ells són en Sherlock i l'Arseni... els meus grans amics.

Vaig subratllar aquell adjectiu, «grans», i també «amics», perquè no hi hagués cap malentès.

En Paul es va treure el barret i els va fer una encaixada. Calorosa, em va semblar.

—Molt de gust...

I ells l'hi van correspondre calorosament.

—Paul...

Però potser amb un cert distanciament.

Em vaig acostar a la tàpia, fins a quedar cara a cara amb l'Arseni, i em vaig estirar l'esquena adolorida.

—M'agradaria saber qui va dir que la jardineria és saludable... —vaig dir fent broma.

—És molt millor una passejada fins a Scotland Yard —va replicar immediatament l'Arseni, que, quan en tenia l'ocasió, feia de portaveu del seu amic amb molt de gust.

—A Scotland Yard, dius? —li vaig preguntar, sorpresa. Per quina raó hauríem d'anar a la seu de la policia de Londres, amb la qual havíem tingut tractes unes quantes vegades i mai havien estat agradables?

Em va respondre en Sherlock, però d'una manera evasiva, com si es volgués assegurar que en Paul no el sentia.

—Hi ha novetats... I és l'única manera per esbrinar més coses.

—Un altre atac de l'arquer?

—Nnno... —va fer l'Arseni—. Allò ja és aigua passada.

Vaig mirar en Sherlock, que em va retornar la mirada.

—Vindràs vestida així? —em va demanar.

Em vaig mirar: tenia tot de taques verdes als pantalons perquè m'havia agenollat damunt de la gespa, i el jersei estava tot esquitxat de terra, branquetes i espines. Tenia les ungles negres i un parell de guixades fosques al front.

—Per què? —li vaig preguntar—. Hi ha cap problema?

—És que no voldria haver d'esperar-me que et canviïs.

Em vaig girar cap a en Paul que, prudentment, havia tornat a la feina.

—Paul! Si veus el senyor Nelson... digue-li que he rebut visita dels senyors Holmes i Lupin i que tornaré de seguida.

Després vaig anar corrents cap a la tanca, vaig sortir

a la vorera i, girant-me la gorra cap a darrere, els vaig preguntar:

—I doncs? De què es tracta?

Com sempre, davant de Scotland Yard hi havia un parell de periodistes a la cacera d'alguna indiscreció per convertir-la en la capçalera del diari, tan de pressa com es pogués, per a l'edició vespertina. El cas que ens interessava a nosaltres, no cal dir-ho, era completament estrafolari, i durant el trajecte els meus amics em van informar de tots els detalls. Pel que semblava, la policia havia detingut el culpable d'un robatori que el dia abans havia provocat una gran sensació: havien robat una caixa de monedes de lliures d'or a la sortida de la seca de Little Tower Hill. El carruatge de seguretat que la transportava havia carregat la caixa i havia fet l'itinerari habitual, però quan van arribar a la seva destinació, amb un brevíssim retard, la caixa havia desaparegut.

Però això no era el més estrany.

Poc abans d'arribar a Scotland Yard, l'Arseni es va tornar a transformar en l'August Papon, l'elegant i un pèl ridícul gentilhome parisenc de vint-i-quatre anys, amb uns bigotis (postissos) engominats i una professió ambigua. En aquella ocasió, el nostre amic feia un dels seus papers preferits: el de corresponsal d'un imprecís diari francès. Amb els seus mostatxos encolats sota el nas, el nostre amic va abordar, amb una gran desimboltura, un dels col·legues que rondava davant del portal.

—És autèntica, la filtració del telegrama? —els va preguntar. I al cap d'un moment—: M'ho podeu confirmar? Prové d'una font segura?

El telegrama, em va explicar en Sherlock, l'havien rebut a Scotland Yard aquell mateix matí, i donava l'adreça exacta del lloc on s'amagava el lladre de la seca.

—Sí, era a Whitechapel.

—Què dius, ara?! L'han enxampat al Soho! —va replicar un altre periodista.

En realitat, tots érem allà per provar d'esbrinar-ho.

Al cap de mitja hora d'espera, un carruatge negre va provar de travessar el portal a una gran velocitat. Els periodistes, com un sol home, es van aglomerar als costats per intentar frenar-lo i entrellucar per la finestrella què o qui transportava. Van picar els vidres i van fer tot de preguntes a crits fins que van aconseguir que el vehicle s'aturés i un inspector s'avingués a parlar-hi.

En Sherlock, en Lupin i jo, ens vam posar a segona fila i vam escoltar atentament tot el que va dir.

—Alto! Alto! No escriviu res! El cas del robatori de la seca no està resolt ni de bon tros! —va exclamar l'inspector.

Però, com que a l'interior del vehicle, darrere del conegut rostre del policia, n'hi veien un altre, molt trasbalsat, d'un desconegut, un dels periodistes va preguntar:

—És ell, el culpable? Qui és el detingut?

—Què deia exactament, el telegrama?

L'inspector va esbufegar, fastiguejat.

—Només els puc confirmar que, en efecte, hem rebut un telegrama que ens aconsellava dirigir-nos al número 22 de Turner Street per resoldre el cas del robatori de la seca...

—I què hi han trobat al 22 de Turner Street?

L'inspector va donar un cop d'ull a l'interior, com si demanés l'autorització del seu superior per parlar.

—Hi hem trobat... en John, un mariner! —va dir al final, amb una rialleta.

—John què? Com es diu de cognom, el tal John? —van bramar els periodistes.

—Encara no hem comprovat totes les seves dades.

—Llavors, com saben que és un mariner?

—Perquè és l'única cosa que diu i la repeteix obsessivament... —va replicar l'inspector—. El senyor John encara es troba en un estat de confusió.

En aquell moment, em vaig fixar que l'home que hi havia dins del carruatge balancejava el cap endavant i endarrere, rítmicament, com si hagués perdut l'enteniment.

—I la caixa? I les monedes?

—La caixa, l'hem trobat al costat d'on estava encadenat el senyor John... —va dir l'inspector, provocant un murmuri de sorpresa, també per part meva—. Però estava completament buida. No hi havia ni rastre de les monedes ni tampoc cap pista d'on poden haver anat a parar.

—Però si aquest home era allà, encadenat, amb la

caixa buida al costat... podem escriure que va ser ell, l'autor del robatori? —va cridar l'Arseni, exagerant el seu accent francès.

—És probable que en sigui un dels autors —li va respondre l'inspector—. I també és probable que el seu còmplice l'hagi estabornit per fugir amb tot el botí...

En aquell moment, algú el va cridar i l'inspector va tornar a l'interior del carruatge; llavors, tota la colla de periodistes es va dispersar sense ordre ni concert i es van dirigir a Fleet Street, on es trobaven les seus de gairebé tots els diaris de la ciutat.

—Quina història... —vaig murmurar, mirant els meus amics—. Un mariner encadenat al costat d'una caixa de monedes... sense les monedes!

—No m'estranya que l'inspector hagi remarcat que l'home es troba en un estat de confusió... —va dir l'Arseni, rient per sota dels seus bigotis postissos.

En Sherlock, en canvi, es va quedar en silenci força estona. Mirava el terra, capficat, i de tant en tant movia la punta del nas, com si sentís un formigueig que el molestava.

—En què penses, Sherlock? —li vaig preguntar, quan em vaig cansar d'esperar.

—En el temps —va respondre.

—T'estranya que no hagi plogut durant dos dies seguits? —li va demanar l'Arseni, bromejant.

En Holmes li va respondre amb un gest.

—Hi ha tres detalls que m'han deixat ben perplex. I tots tres estan relacionats amb el temps.

—Ah, sí? Quins?

—El primer és el «brevíssim retard» amb què el carruatge de seguretat va arribar a la seva destinació... sense la caixa.

—Tu creus que el robatori va tenir lloc durant el «brevíssim retard»? —li vaig preguntar.

—És possible —va admetre—. Però, per esbrinar-ho, hauríem de saber exactament amb quin retard hi va arribar. I per què. I per saber-ho...

—Ho haurem de preguntar als conductors —va respondre l'Arseni per ell.

—Elemental! —va dir en Sherlock—. Però no serà gaire fàcil que ens ho diguin.

—I els altres detalls?

—El robatori va tenir lloc ahir. La notícia ja era al diari aquest matí, i s'hi esmentava el telegrama enviat a Scotland Yard. Això significa que els diaris han rebut la informació durant la nit, abans que tanquessin les redaccions. Però Scotland Yard ha anat a investigar en aquell domicili aquesta tarda.

—És a dir, que qui va enviar el telegrama, en va informar els diaris abans d'enviar-lo a Scotland Yard, oi? —va suggerir l'Arseni.

—Per acabar, el tercer punt té relació amb el temps en un sentit diferent, perquè enllaça el robatori de les monedes amb un fet que havia succeït abans —va afegir en Holmes.

L'Arseni i jo vam mirar el nostre amic fent uns ulls com unes taronges.

—És la segona notícia en què hi ha un culpable que no recorda gairebé res del delicte que ha comès —va explicar en Sherlock—. Primer, el senyor Archer… i la fletxa que va ferir el cuiner de l'Hotel Bingley's. I després en John, el pobre mariner de la caixa de monedes buida... Tot plegat té un aire vagament teatral, no trobeu?

Es va aturar a contemplar el Tàmesi, que se'ns havia aparegut al davant, tot de sobte, i va desplegar els braços, content, com si volgués abraçar tot el riu.

—No teniu la sensació que hi ha alguna cosa d'inexplicable i meravellosa, un misteri subtil, evidentíssim per a mi, però per a ningú més, en aquests dos casos, tan distants l'un de l'altre?

—No t'embalis... —li va dir l'Arseni—. Mira, nosaltres no som Scotland Yard. Però també hi veiem una relació. Oi que sí, Irene?

En Sherlock el va mirar, radiant.

—De debò? A partir de què?

—Per exemple, del fet que nosaltres, a diferència de Scotland Yard, no tenim res millor a fer i...

Vaig assentir, convençuda, i li vaig acabar la frase:

—I per tant ja podem començar oficialment la nostra investigació. El cas... —vaig anunciar, esperant que em vingués una inspiració genial—. El cas dels culpables no culpables.

Capítol 8

UNA QÜESTIÓ D'ESTIL

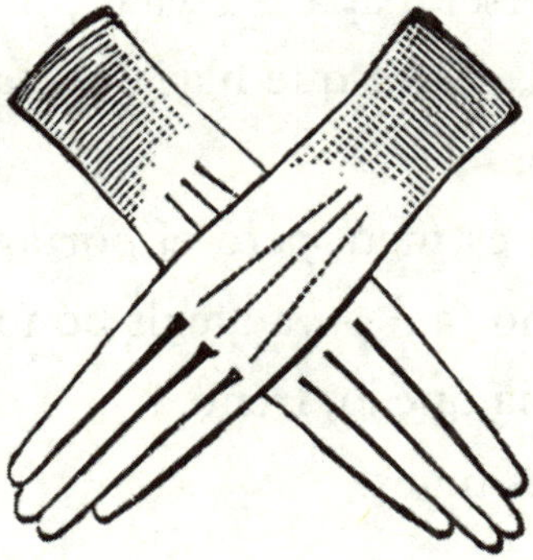

El pare m'esperava al saló, assegut a la seva butaca preferida.

—Irene! —va exclamar quan, finalment, vaig tornar a casa—. A tu et sembla correcte?

Amb tot el candor de què era capaç, li vaig respondre que no sabia de què em parlava.

—Però tu t'has vist, filla meva? T'has vist...? —em va

dir, sospirant—. Ja tens catorze anys. Però et passeges per Londres vestida com un pillet del carrer.

—És el teu jersei, papa —li vaig comentar. Per sort, ja m'havia tret la gorra que havia portat de gairell durant tota la tarda.

—Sí, el jersei és meu, però el portava quan tenia la teva edat, si fa no fa... —va afegir bonhomiosament—. Amb la diferència que jo, Irene...

Vaig creuar les mans.

—Tu, què?

—Jo era i sóc un home, Irene, però tu, evidentment...

—Jo, evidentment, no em puc posar roba còmoda i pràctica per caminar per la ciutat, vols dir?

—No he dit això.

—Sí que ho has dit.

En Leopold va tamborinejar els dits sobre el braç de la butaca.

—De què són aquestes taques?

—D'herba, papa. No he mort ningú. En Paul té una feinada de ca l'ample al jardí, i...

—Ja ho sé, ja ho sé. L'Horaci també m'ho ha explicat.

—Què t'ha explicat, exactament?

—Que t'has passat mig dia treballant al jardí... i l'altre mig vés a saber on, amb aquell parell de...

—D'amics —vaig provar de suggerir-li.

—No poso en dubte que ho siguin, però...

Per les mitges frases que balbucejava, comprenia que en Leopold es debatia entre el deure de fer-me de pare assenyat i no saber per on començar a complir amb aquella tasca. Veure'l tan atabalat em va entendrir i em va impulsar a abaixar les defenses. Vaig pensar que potser seria una bona idea parlar-li de les meves coses.

—La veritat, papa, és que... —i li vaig explicar molt breument què havia descobert aquell matí mentre m'emprovava els vestits. Em va escoltar amb atenció i va expressar una certa pena quan li vaig revelar que havia regalat molts vestits de la mare a la senyoreta Fowler. Al final del meu relat, en Leopold tenia claríssim què em feia falta.

—Horaci! —va cridar al nostre majordom que, com si no hagués fet altra cosa que esperar aquella crida darrere de la porta, es va presentar al saló en un instant.

—Què desitja, senyor Adler?

—Hem de renovar el vestuari de la meva filla. Fes el favor d'acompanyar-la demà mateix a Savile Row.

—Papa... —li vaig suplicar.

—O a qualsevol altre lloc que t'indiqui ella, perquè pugui comprar roba que li agradi i que, també, ens permeti veure que adopta un aspecte més conforme a la seva naturalesa, que és la d'una noieta esplèndida!

El senyor Nelson va fer una gran inclinació.

—Per a mi serà una gran satisfacció, senyor Adler.

Vaig serrar els punys, indignada, i vaig fer un gest per sortir del saló i anar a tancar-me a la meva habitació, com feia en el passat. Però alguna cosa dins meu m'ho va desaconsellar. Primer de tot, la gana, perquè enrabiar-me implicava renunciar al sopar, i després de la incursió a Scotland Yard se'm feia molt difícil, sobretot perquè la casa estava impregnada d'una irresistible flaire d'aviram rostit.

El segon pensament que em va contenir de girar cua i marxar, en canvi, va ser una intuïció. I el meu amor per les investigacions.

—D'acord! —vaig exclamar, aturant-me. I l'Horaci va tornar a ocupar el seu lloc davant l'entrada, d'on s'havia apartat perquè havia previst que jo sortiria per allà, donant un gran cop de porta—. D'acord! Demà aniré a elegir uns vestits més daixò... escaients...

—Molt bé! És la paraula adequada! —va remarcar el pare, content.

—Però, com a premi, m'hauràs d'invitar a sopar fora.

—A sopar fora?! —va exclamar en Leopold, estupefacte. Però després, havent superat l'estupor inicial, va semblar que la proposta li feia el pes. «Pare i filla surten a sopar. Per què no?», semblava que digués l'expressió felina dels seus ulls—. A quin restaurant, si es pot saber?

—Al de l'Hotel Bingley's, és clar! —vaig concloure, alegrement, abans de sortir per anar a fer-me una rentada ràpida i després seure a taula tota satisfeta.

—Si em permet que li doni la meva opinió, no crec que això fos el que s'imaginava el seu pare quan va fer servir el terme «escaient», senyoreta Irene... —rondinava el senyor Nelson, l'endemà.

—Vaig ser jo qui va fer servir el terme «escaient»... —li vaig recordar. I després vaig dir al senyor que ens atenia—: En vull dues.

—Senyoreta Irene...

—T'estimes més que vagi pel món amb una jaqueta bruta, Horaci?

El senyor Nelson va arrufar les celles i es va rendir, refugiant-se en un silenci irritat. Ens trobàvem en una sastreria, tal com volia el pare, per renovar el meu vestuari, en la mena de botiga que en Leopold s'havia imaginat: una luxosa botiga de Savile Row, amb una placa daurada molt elegant on hi havia escrit: Warrington & Briggs, des del 1801.

Havia llegit el nom d'aquesta sastreria en un diari, després de la nostra última aventura detectivesca, que va tenir lloc al llogaret de Hemyock, a Devonshire, on em vaig veure obligada a muntar amb roba d'home i això va fer que em demanés per quin motiu les dones no podien dur una roba pràctica, almenys fora dels salons.

Pel que semblava, aquella sastreria era el millor proveïdor de la ciutat de roba per a la cacera i el lleure.

Per a cavallers però també per a dames. Això significava un bé de Déu de varietats de cuir tou per a botes, velluts còmodes i càlides llanes escoceses en colors de bosc tardoral, com el teixit que acabava d'elegir per fer-me'n fer dues jaquetes. També vaig afegir a la llista de les compres una gorra de joquei i un parell de guants, i vaig deixar que un desolat senyor Nelson s'encarregués de pagar el compte.

—El seu pare es posarà furiós —va murmurar mentre pujàvem al carruatge.

—Però no hi ha cap motiu perquè ens hi posem nosaltres, oi? A aquesta hora, el trànsit de carruatges és espantós! Això vol dir que el trajecte serà llarg i no hi ha res pitjor que compartir-lo amb un company emmurriat.

L'Horaci hi va estar d'acord i, durant una estona, vam parlar del temps, de les meves lectures i del cant, en què, com a conseqüència lògica de la meva escassa aplicació, encara no havia superat el nivell de «gran promesa».

—Què és això? —em va preguntar de sobte, en veure que tenia a les mans un full rebregat que feia tota la pinta de ser un *penny dreadful*, una publicació plena d'històries truculentes que costava un penic.

L'hi vaig donar i ell, irritat, em va donar a canvi un llibre nou que li acabaven d'enviar. La passió pels llibres era una de les moltes que amagava el senyor Nelson.

—*Erewhon*... —vaig llegir a la coberta.

No hi figurava el nom de l'autor i la idea d'un llibre publicat anònimament em va picar la curiositat de seguida. Li vaig demanar a l'Horaci de què anava el llibre i em va respondre, lacònicament, que parlava d'un lloc inexistent.

—El títol ja ho diu, senyoreta Irene —em va revelar el senyor Nelson—. Però cal estar molt atent, perquè, fixi-s'hi bé... s'ha de llegir al revés.

I llavors, com per art de màgia, l'exòtic i misteriós nom d'*Erewhon* es va transformar davant dels meus ulls en «nohwere», que naturalment era com s'havia de llegir, és a dir 'enlloc'.

—Molt enginyós! —vaig reconèixer.

I, encuriosida per tant d'enginy, em vaig endinsar en la lectura.

Vam tornar a última hora de la tarda. Els llargs núvols estriats, empesos pel vent, eren les úniques notes fosques en un cel lluminosíssim. Vam arribar a casa havent superat el caos dels embussos londinencs, però amb la satisfacció, tota meva, és clar, d'haver fet la millor elecció possible per salvaguardar la meva dignitat.

Mentre el senyor Nelson pagava el conductor, em vaig creuar amb en Paul Letrieve, que sortia del jardí amb cara fosca.

—Tot bé, Paul? —li vaig preguntar.

Em va mirar dedicant-me un somriure incert i em va respondre que sí, que tot anava bé, però es va afanyar a allunyar-se pel carrer.

El seu comportament em va semblar una mica estrany tenint en compte que, el dia abans, havíem treballat junts al jardí d'una manera completament cordial.

—Paul! —el vaig cridar, i li vaig repetir la pregunta.

—No em passa res, senyoreta Irene... —em va respondre—. Tret de...

Vaig esperar pacientment que acabés la frase.

—Aquell captaire tan estrany...

El vaig mirar amb els ulls esbatanats.

—Quin captaire?

—No sé de quina altra manera el podria anomenar, senyoreta Irene, però avui me l'he trobat al davant, inesperadament... —En Paul Letrieve va obrir els braços i després els va tancar—. L'home duia una jaqueta gastada i es cobria el rostre amb un drap vell... Tenia una veu enrogallada, terrible, i m'ha dit...

Aneu a saber per què, mentre en Paul s'esforçava per descriure'm la inquietant aparició del desconegut, jo me'n feia una imatge mental completament diferent.

—M'hi jugo qualsevol cosa que aquest... captaire... t'ha dit... —el vaig interrompre, seguint el fil de la meva intuïció— que abandonis aquesta casa i no tornis a treballar al nostre jardí mai més, oi?

Els ulls d'en Paul es van engrandir encara més, si és que això era possible, i se li va dibuixar una expressió d'estupefacció al rostre.

—I vostè com ho sap?

No era gaire difícil, per a qui conegués el bandarra d'en Sherlock Holmes, especialista en disfresses: una de les seves preferides era la de captaire i, per preparar-la, escollia la roba més esparracada que trobava.

M'hi vaig acostar i li vaig dir fluixet:

—No piquis l'ham, Paul. Era l'antic jardiner. Si torna a aparèixer, digue-li... —i li vaig xiuxiuejar a cau d'orella una cosa que el va sobresaltar.

—N'està segura?

—Seguríssima! —I havent dit això, me'n vaig acomiadar i vaig arrencar a córrer cap a l'habitació per arreglar-me per anar a sopar en un restaurant.

Capítol 9

RODOLINS PER A CRIATURES

—Au, va, Sherlock! —li vaig exigir l'endemà, a la Shackleton Coffee House—. Explica'ns-ho tot! —Em sentia insòlitament fatxenda i molt satisfeta pel meu estil d'amazona, tal com m'havia definit uns minuts abans l'Arseni.

Ja estàvem asseguts al nostre racó quan s'hi va presentar en Sherlock. I tots tres teníem una novetat molt interessant per explicar als altres.

L'ordre de les nostres intervencions, establert per un costum que s'havia fet llei, em concedia el paper de primera narradora; després venia en Lupin i, al final, per treure'n les últimes conclusions, i sorprendre'ns amb una deducció completament inesperada, en Holmes.

Em vaig adonar que en Sherlock s'havia fixat que jo tenia un aspecte diferent de l'habitual, però, prudentment, es va abstenir de fer-me cap elogi.

—Avui no vas disfressat de captaire? —li vaig preguntar, amb una ostentosa falsa indiferència, i vaig veure com es quedava encarcarat a la seva butaca.

L'Arseni ens va mirar, primer a mi, després a ell, i ens va preguntar:

—M'he perdut res?

—Res d'important... —li vaig respondre, divertida pel fet que, per una vegada, el control de la situació estava a les meves mans. Després els vaig explicar el que els havia d'explicar: el meu sopar a l'Hotel Bingley's, la nit abans—. Per ser sincera, és una història molt curta —vaig reconèixer—. El restaurant de l'Hotel Bingley's és magnífic i s'hi menja divinament bé. És refinat, té una clientela adinerada i amb molta classe, però l'ambient és una mica fred. Vaig haver d'esperar gairebé fins a les postres per tocar el tema que m'interessava, és a dir: Monsieur Le Louffe, el xef. Està bé, però encara no ha tornat a la feina. Pel que sembla, la fletxa li va traspassar l'esquena, just per damunt del cor. Un parell de centímetres més avall, i en lloc d'un incident estrany i completament inexplicable, ens trobaríem davant d'un ferotge homicidi amb arma blanca.

—Le Louffe... —va sospesar l'Arseni—. Què més en vas esbrinar, del cuiner?

—Aquest és l'únic element una mica insòlit. Feia poc que havia arribat a Londres, i «poc» significa menys de quinze dies. És per això que cap dels seus companys no havia tingut temps de coneixe'l. L'únic que me'n van dir és que afirmava que sabia preparar els millors ous a la parisenca en cocota de tot París!

—No és poca cosa... —va comentar l'Arseni—. En tenim un nom i uns ous en cocota. Ara només cal saber quins clients del restaurant han demanat ous a la parisenca últimament... i haurem descobert el mòbil i el culpable!

—Ja està fet —el vaig sorprendre—. Pel que sembla, només jo. No és allò que se'n diu un plat gaire popular i, francament, aquella barreja de pollastre, pernil, bolets, llengua salada i tanta salsa... no es pot dir que m'entusiasmés.

—Entesos —va dir l'Arseni—. És a dir, que per la banda del Bingley's, estem en un cul-de-sac, oi?

—Em fa l'efecte que sí —li vaig respondre.

Fins aquell moment, en Holmes havia estat en un silenci total.

—Ara em toca a mi... —va dir en Lupin—. Jo, en canvi, he investigat el carruatge que va fer el transport de les monedes des de la seca.

Havent dit això, el nostre amic va posar damunt de la taula un full tot rebregat on havia dibuixat un mapa rudimentari amb unes línies negres molt gruixudes.

—Aquest és el recorregut habitual del carruatge —ens va explicar—. He verificat personalment que només es triguen vint-i-dos minuts per anar d'aquí... —ens va assenyalar el punt de partida en el mapa— fins aquí. —I ens va indicar l'arribada.

—I quant va trigar, fa tres dies, el vehicle de seguretat?

—Cinc minuts més.

—Un carrer bloquejat, potser? —vaig suggerir.

—És el primer que vaig pensar. I vaig anar a preguntar-ho als conductors. No va ser gaire difícil trobar-los: aquí —en Lupin va tornar a indicar al mapa un punt al costat de la sortida— hi ha una taverna on esperen que els toqui el torn. La seca fa sis entregues diàries, en horaris diferents. I, posats a esperar el torn, val més fer-ho davant d'una cervesa.

—I?

—No hi vaig poder parlar directament —va puntualitzar l'Arseni—, perquè en aquell moment ho feia la policia. Però a les tavernes, ja se sap. Quan ets un client habitual...

—Corren les veus... —vaig dir, per completar la frase, i l'Arseni va assentir.

—Això mateix. I la que corre sobre els dos conductors que van patir el robatori és que al lloc on s'estreny el carrer, es van aturar per auxiliar una dona jove que es van trobar desmaiada al mig de la calçada, davant del carruatge. Una dona molt desitjable, per dir-ho amb un eufemisme.

—No me'n sé avenir... —vaig murmurar—. I van baixar a auxiliar-la tots dos?

—Es veu que sí. Va ser cosa de pocs minuts però, mentrestant, una persona increïblement ràpida i amb una còpia de les claus del carruatge, en va sostreure la caixa sense que se n'adonessin.

—Però què hi teniu al cap, els homes?! —vaig exclamar amb una rialla.

—És el que proven d'aclarir a Scotland Yard... —va respondre en Lupin, amb un somriure maliciós.

Llavors, li tocava parlar a en Holmes.

Quan ens vam repartir les tasques, ell s'havia adjudicat la d'investigar el misteri del telegrama i, si se'n sortia, havia d'anar a fer una inspecció a Turner Street, per esbrinar més coses de l'encadenament del misteriós mariner, en John, que encara estava en un estat de confusió (el *Times* d'aquell dia publicava que havia delirat com un forassenyat durant tot l'interrogatori).

Però va resultar que no havia fet ni una cosa ni l'altra. I ens ho va dir amb tota la tranquil·litat de què era capaç.

—Escolta, Sherlock... —va esclatar l'Arseni—. No és així com funciona un trio d'aventurers ben unit!

—No he dit que no hagués fet res —va puntualitzar en Sherlock i, en aquell moment, li vaig veure centellejar als ulls la satisfacció que anuncia el desvelament d'una sorpresa.

El nostre amic es va ficar una mà a la butxaca i en va treure un llibret infantil il·lustrat.

Ens el va posar al davant, damunt del mapa de l'Arseni, i amb el seu silenci, ens va desafiar a comprendre tots sols per què ho havia fet.

—A veure... —va dir l'Arseni, que el va agafar i en va llegir el títol en veu alta—. *Tom Thumb's Illustrated Alphabet*... L'Alfabet del Polzet... —El va girar—. Costa un cèntim.

Després el va obrir. Tenia set pàgines, de poc menys

de deu centímetres per costat, on hi havia una llarga cantilena il·lustrada. Cada rodolí començava amb una lletra diferent de l'alfabet, de la A a la Z.

—Ja ho entenc! —va exclamar l'Arseni, rient, mentre passava les pàgines amb rapidesa—. Per fi has començat a aprendre a escriure!

I després em va passar el llibret.

—*A was an Archer, who shot at a frog*... —vaig llegir—. A era un arquer que va disparar a una granota.

Vaig mirar en Sherlock.

—Un arquer.

I ell va assentir, lentament.

—I la granota? —li vaig demanar.

—Granota, menjagranotes... És la manera pejorativa amb què els anglesos es refereixen als francesos... —va murmurar l'Arseni, que es va posar seriós de cop—. I el cuiner a qui va disparar l'ataconador era francès...

—I què? Voleu dir que hi té res a veure, la cantilena? —vaig preguntar, incrèdula, mentre llegia el següent rodolí—: *B was a Butcher, and had a great dog*... És a dir, B era un carnisser que tenia un gos gros.

Aquesta no em quadrava, però el somriure d'en Sherlock s'havia aguditzat més.

—Prova amb la S —em va suggerir, complagut.

—Què hi diu, a la S? —va demanar l'Arseni.

—*S was a sailor, and spent all he got.* S era un mariner que s'ho va gastar tot...

—Òndia! —va exclamar l'Arseni.

—Com coi se t'ha acudit? —li vaig preguntar a en Sherlock.

—Aquesta vegada el mèrit no és meu —va replicar, traient-li importància—, sinó de la Violet. La meva germaneta sempre vol que li expliqui un conte abans d'anar a dormir i ahir, quan li vaig explicar el de l'arquer, em va preguntar si era una de les històries de l'Alfabet del Polzet...

—M'estimo més no fer cap comentari dels contes que expliques a la teva pobra germana perquè s'adormi, Sherlock... —va dir l'Arseni—. Però, a part d'això... Res a dir. És una coincidència increïble.

—Però per què? —vaig preguntar, incrèdula—. Vull dir: a quina ment recargolada se li acut fer una cosa així?

—Tens raó —va observar l'Arseni—. Què hi guanya? A part de les monedes de la seca, és clar.

—No crec que li interessin gaire les monedes —va replicar en Sherlock—, sinó més aviat el fet en si. Les monedes ja les havia robat, si donem per vàlida la teva reconstrucció del que va succeir als dos conductors. Per tant, no calia tota la resta de la posada en escena. Tret que l'element més important no sigui, precisament, la posada en escena.

—Qui pot haver concebut aquesta bogeria com si fos un espectacle? —vaig preguntar.

—Serà molt divertit esbrinar-ho! —em va respondre en Sherlock, tan content com un nen davant d'un aparador de llaminadures.

—La hipòtesi, per estranya que sembli, explicaria moltes coses. Per exemple, la senyoreta que ha convençut els conductors perquè baixessin també podria ser una actriu que formava part de la posada en escena... —va dir l'Arseni.

—Això, una comparsa —va assentir en Sherlock—. Com també són unes comparses els dos culpables...

—Llavors em va mirar—. Els que tu has anomenat culpables no culpables: l'ataconador de Shoreditch, que no sap per què porta un arc penjat a l'espatlla, i en John, el mariner que delira encadenat a una caixa de monedes buida. Tots semblen comparses d'una estrambòtica obra teatral que segueix el guió d'aquesta cantilena per a criatures —va concloure en Sherlock, assenyalant les fines pàgines del llibret—. No sé què l'ha empès a ferho —va continuar dient després—. Però, així, d'entrada, sembla una mena de joc. Una presa de pèl.

—Una presa de pèl molt perillosa —va dir l'Arseni—. El cuiner és viu per pocs centímetres.

—I la caixa, la van robar de debò —vaig afegir.

—Un intent d'homicidi i un robatori, sí —va murmurar en Sherlock, exaltat—. I la pregunta que ens hem de plantejar ara és... quin serà el pròxim?

Va agafar el llibret il·lustrat, es va posar dret com un actor shakespearià i va recitar, amb veu impostada:

A was an Archer, who shot at a frog,
B was a Butcher, and had a great dog.

C was a Captain, all covered with lace,
D was a Drunkard, and had a red face.

E was an Esquire, with pride on his brow,
F was a Farmer, and followed the plough.
G was a Gamester, who had but ill-luck,
H was a Hunter and hunted a buck. *

*A era un arquer que va disparar a una granota, / B era un carnisser que tenia un gos gros. / C era un capità, tot vestit de randes, / D era un borratxo amb la cara vermella. / E era un escuder que s'enorgullia de les seves celles, / F era un pagès que seguia l'arada. / G era un jugador que tenia molt mala sort, / H era un caçador, i va caçar un cérvol.

Llavors, l'Arseni es va posar dret davant d'en Sherlock, que li va passar el llibret perquè pogués continuar:

I was an Innkeeper, who loved to carouse,
J was a Joiner, and built up a house.
K was King William, once governed this land,
L was a Lady, who had a white hand.

M was a Miser, and hoarded up gold,
N was a Nobleman, gallant and bold.
O was an Oyster girl, and went about town,
P was a Parson, and wore a black gown. *

* I era un fondista a qui agradava el mam, / J era un fuster, i va construir una casa. / K era el rei Guillem, que va governar aquesta terra, / L era una senyora que tenia una mà blanca. / M era un avar que acumulava or, / N era un noble audaç i valerós. / O era una venedora d'ostres i rondava per la ciutat, / P era un pastor i duia un hàbit negre.

Em vaig posar a riure i l'Arseni, amb una inclinació còmica, em va reclamar a l'escenari improvisat. Em vaig aixecar d'un bot, vaig agafar el llibre i, amb la meva millor entonació, vaig llegir:

Q was a Queen, who wore a silk slip,
R was a Robber, and wanted a whip.
S was a Sailor, and spent all he got,
T was a Tinker, and mended a pot.

U was a Usurer, a miserable elf,

V was a Vintner, who drank all himself.
W was a Watchman, and guarded the door,
X was Expensive, and so became poor. *

* Q era una reina que duia enagos de seda, / R era un lladre que es mereixia uns assots. / S era un mariner que s'ho va gastar tot, / T era un llauner, i va adobar una olla. / U era un usurer, un miserable escanyapobres, / V era un vinater que s'ho va beure tot. / W era un guardià, i guardava la porta, / X era malgastador i es va tornar pobre.

Llavors, ens vam acostar tots tres, com si fóssim una coral, i vam acabar junts els últims versos:

Y was a Youth, who did not love school,
Z was a Zany, a poor harmless fool. *

*Y era un noi a qui no agradava l'escola, / Z era un ximplet, un pobre bufó innocu.

—A la salut dels nois d'allà baix! —va exclamar un client de la Shackleton, alçant la gerra de cervesa, divertit. I nosaltres vam fer una inclinació, contents.

Però després, quan ens vam asseure, ens vam mirar els uns als altres i, sobretot, vam mirar en Sherlock, una mica preocupats.

—Sí —vaig comentar—. Quin serà el següent?

—Que ho saps, tu? —va demanar l'Arseni al nostre amic d'intuïció privilegiada.

—No tinc cap pista per poder-ho preveure... —va respondre—. Però tinc una mitja idea per fer saber al nostre amic que hem descobert el seu joc. I veure com reacciona.

Ens va observar atentament.

—Quina? —li vaig preguntar.

—Quants xílings podem gastar, entre tots? —va replicar ell.

Capítol 10

GRANS DE SORRA

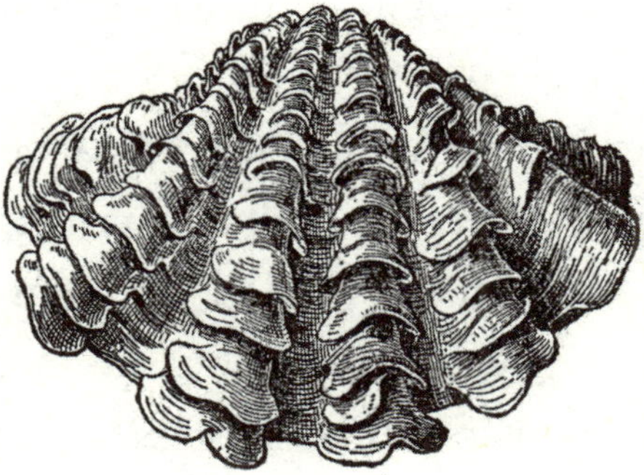

El nom popular de la columna d'anuncis del *Times* era *agony column*, la columna de l'agonia, i l'acompanyava la imatge d'una anciana que es disposava a respondre, amb uns consells glacials, les preguntes dels lectors que hi escrivien. Fer publicar l'Alfabet del Polzet sencer ens va costar tres xílings. Vam firmar l'anunci com «Els tres orfenets» i hi vam afegir la pregunta: «A qui tocarà, aquesta vegada?».

L'empleada que s'encarregava dels anuncis no ens va fer cap pregunta. Va agafar el text, els tres xílings i ens va assegurar que ho publicarien en l'edició de l'endemà.

Tal dit, tal fet.

La cantilena ocupava gairebé la meitat de la columna i a nosaltres, que l'havíem fet imprimir, ens va semblar l'escrit més vistós de tot el diari. Estàvem convençuts que el misteriós personatge que buscàvem la veuria. En comparació, totes les altres notícies semblaven totalment prescindibles.

Aquell diumenge no ens vam trobar perquè ens vam estimar més passar el dia d'espera de maneres diferents, cadascun pel seu compte. Jo vaig demanar que m'acompanyessin a la classe de cant, i vaig cantar molt més bé que en altres ocasions. Després, vaig estar-me mitja hora amb en Paul, al nostre jardí nou. Havia plantat glicines adossades a les parets de la casa, construït una pèrgola rudimentària, arranjat les flors i bona part del prat, i ara es dedicava als arbres més alts. Em va explicar com els pensava podar perquè no es destorbessin els uns als altres i obtenir la il·lusió òptica d'una profunditat més gran al nostre jardí, combinant amb cura plantes fosques amb plantes clares. Tal com ja m'havia passat l'altra vegada, seure al jardí imaginant-me el paisatge, les flors noves i els arbres ben esporgats em va reconfortar i em va fer pensar en un món tranquil, lleu i alhora concret que creixia al meu entorn però del qual jo no m'havia adonat fins llavors. Vaig sentir una gratitud immensa i vaig pujar a sopar amb el cor lleuger. Sabia que aquell dia no hi hauria grans novetats pel que feia a l'ataconador, que continuava negant haver estat mai pels voltants de l'Hotel Bingley's, ni d'en John, el mariner. L'endemà, gràcies a l'Arseni (que aneu a saber com s'ho havia manegat per aplegar informació durant la seva jornada laboral al cementiri), vaig saber que el misteriós mariner també tenia un cognom, Glennson, i un canell trencat, perquè, davant de la impossibilitat de trobar la clau per obrir la cadena on l'havien lligat a la caixa amb el botí, havien procedit a trencar-la a cops de martell. L'Arseni també em va explicar que en Glennson afirmava que no havia robat res i que, per tant, no tenia còmplices de cap mena. Però un testimoni assegurava que l'havia vist el vespre del robatori a Victoria's Court, prop de Belsize Park, on hi havia un fumador d'opi molt conegut i, sens dubte, l'estat de confusió en què l'havien trobat l'endemà quadrava perfectament amb el d'una persona que havia passat una nit entre el fum d'una misteriosa droga oriental.

Però aquell matí de dilluns, quan em vaig despertar, aquella no va ser la meva preocupació principal. En camisa de dormir, vaig pispar l'exemplar del *Times* de la post de planxar on el posava la senyoreta Fowler per allisar-lo abans que el llegís el pare i vaig buscar a la columna de l'agonia una rèplica del Senyor Ningú.

Vaig llegir els anuncis, d'un en un, amb una desillusió creixent. Anaven des d'una petició d'ajuda per treure l'aigua d'una casa inundada, fins a un que volia vendre una caseta grisa entre les roques, passant per un parell de cors destrossats que buscaven l'estimada i una senyora que demanava consell per combatre l'insomni.

—Tot bé, senyoreta Irene? —em va preguntar el senyor Nelson, que em va enxampar caminant pel passadís amb el nas enfonsat entre les pàgines del diari.

—No ho sé! —li vaig respondre, allargant-li el diari abans d'arrencar a córrer per anar a canviar-me.

I era cert: no ho sabia.

Com que la Shackleton encara no era oberta, em vaig ficar pels carrerons del darrere, en direcció al pis de l'Arseni. Quan vaig arribar a Marshall Street el vaig sentir riure des del carrer, per la finestra oberta de bat a bat. I el vaig cridar.

En Lupin es va abocar a la finestra, em va saludar i em va invitar a pujar. Ho vaig fer, no gaire convençuda. L'última vegada que ho havia fet, m'havia trobat (sense que m'hi obligués, per ser sincera) entre els seus braços.

Però aquell matí tenia companyia, per tant estava segura que no ens trobaríem en una situació compromesa.

Les persones amb qui en Lupin feia petar la xerrada eren tres noies, que vaig trobar a la seva habitació, asseguades damunt d'una gran catifa persa. L'Arseni ens havia dit que se l'havia trobat pel carrer i ni en Sherlock ni jo ens vam atrevir a posar en dubte la seva versió dels fets, sobretot perquè n'estava d'allò més orgullós.

—Irene! —va exclamar, apartant-se per deixar-me entrar—. Et presento la Charlotte, la Ninette i la...

—Rebecca! —va completar l'última de les tres noies.

Les vaig saludar, un pèl desconfiada. Un perfum vulgar surava en l'aire i era evident que totes tres tenien uns quants anys més que nosaltres, però no tenien aspecte de ser unes distingides dames londinenques.

—Fixa't quina coincidència! —em va dir l'Arseni, radiant—. Aquestes amigues meves són ballarines del Western Lyon, un local de l'Strand, i ahir al vespre, parlant d'això i d'allò amb la Charlotte, va sorgir un tema d'allò més curiós.

—Ja m'ho imagino... —vaig replicar fredament.

—Escolta: el dijous passat, un desconegut li va oferir una lliura perquè fes el paper d'una senyora que havia tingut un desmai, poc abans que passés un carruatge... Un carruatge, m'explico?

El vaig mirar.

—Jura-m'ho!

—Ja l'hi juro jo, senyoreta —va intervenir la Charlotte—. Una lliura per a mi sola!

—Qui era aquell home?

—No l'havia vist mai abans —va respondre la Charlotte, que després va mirar les seves amigues.

—Jo tampoc.

—No era un client del Lyon.

—Devia tenir la nostra edat, si fa no fa —va continuar dient la Charlotte, que em va posar en un compromís sense voler perquè no me'n sortia, de precisar la seva edat (vint anys?, vint-i-cinc?)—, i duia calat fins als ulls un capell que no es va treure tot i trobar-se dins d'un local.

—Va arribar poc abans de l'hora de tancar —va dir la Rebecca—. L'espectacle ja s'havia acabat.

—I va anar de dret cap a la Charlotte! —va afegir la Ninette—. Té una xamba, la tia...

Vaig mirar en Lupin, que semblava molt satisfet pel seu descobriment, i vaig provar de fer-li entendre que se m'acostés. Ho va fer i jo, en veu baixa perquè no ens poguessin sentir les seves tres invitades, li vaig preguntar:

—Has llegit el diari d'avui?

—No. Ens ha contestat?

—No n'estic segura —li vaig dir—. Jo diria que no.

—Mmm... —va xiuxiuejar ell—. Espera't una mica. Per a aquestes coses, val més refiar-se de la intuïció d'en Sherlock.

—Sí. I per a totes les altres... —vaig comentar, mentre les tres ballarines reien darrere nostre.

—De l'Arseni Lupin, és clar! —va completar la frase, rient molt divertit.

En Holmes va abaixar de cop el seu exemplar del *Times*. Estava més content que un gínjol.

—Pèrfidament genial —va ser el seu únic comentari.

En Lupin i jo, asseguts a la gespa de Hyde Park, ens vam mirar.

—Llavors, segons tu, ha contestat o no? —li va preguntar l'Arseni.

—Oi tant que ha contestat! —va exclamar ell—. Però d'una manera pèrfidament subtil. Senyors meus! Us anuncio que ens enfrontem a una ment genial de debò.

I semblava que allò el feia extremament feliç. En copsar la nostra vacil·lació, en Holmes ens va suggerir que penséssim en la columna dels anuncis, la mateixa que jo havia llegit aquell matí al diari del pare.

—No és l'anunci de la casa inundada... —vaig dir.

—Ni tampoc els cors destrossats —va fer l'Arseni.

—És la casa entre les roques —ens va explicar en Sherlock—. El nostre home ens ha enviat un missatge molt subtil.

—L'anunci d'una casa? —li vaig demanar—. Quina relació té amb l'Alfabet del Polzet?

—Mireu les inicials amb què ha firmat l'anunci —va continuar en Sherlock.

—M. G. —vaig llegir.

—Exacte! I aquesta és la relació amb el nostre anunci. El Polzet és el protagonista d'una faula molt popular de Charles Perrault... que va aparèixer en una famosíssima antologia que tinc a casa, un dels llibres preferits de la Violet: *The Tales of Mother Goose*. És a dir: *Els contes de la Mare Oca*.

—M. G. com *Mother Goose*! —vaig exclamar.

—I una de les faules de la Mare Oca parla d'una casa grisa entre les roques? —li va preguntar en Lupin.

—No exactament —va respondre en Sherlock—. Però examinant a fons el llibre hi he trobat una cantilena que s'adiu al nostre cas: *I leave my rock and my gray little house / only to meet a rich man's spouse.** Endevineu quina és la solució? —ens va desafiar en Holmes, amb un centelleig als ulls.

—Que algú abandona la seva casa entre les roques per trobar-se amb... —vaig rumiar.

—L'esposa d'un ricatxo. Un amant pobre però guapo? —va suggerir en Lupin.

—Arseni! —el vaig renyar, fent veure que m'escandalitzava.

—Aigua, aigua... —va comentar en Holmes, divertit—. I parlant d'aigua: la casa grisa entre les roques és una conquilla, i la solució de la cantilena és... una perla. El nostre amic ens diu que busquem una perla, i la perla... és una concreció que es forma quan un gra de sorra penetra dins de la conquilla d'una ostra.

—*O is an Oyster girl!* —va recordar l'Arseni—. Hi ha una venedora d'ostres, a l'Alfabet del Polzet!

* Deixo la roca i la meva caseta grisa / per anar a trobar-me amb l'esposa d'un home molt ric.

—Elemental! —va concloure en Sherlock, creuant les mans davant del rostre—. A Londres, de venedores d'ostres, se'n troben pels carrers de tots els barris més populars de la ciutat. Afortunadament per a nosaltres, totes van a proveir-se a un sol lloc.

—Al mercat del peix de Billingsgate... —vaig murmurar.

—I com que el mercat del peix obre abans de l'alba... potser ja és massa tard! —va concloure en Sherlock Holmes, alçant-se d'un bot.

Capítol 11

ELS VENEDORS D'OSTRES

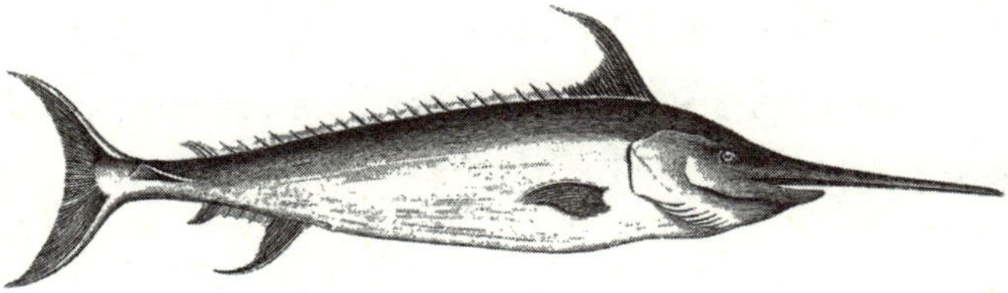

No havia estat mai a Billingsgate abans d'aquell dia; n'havia sentit a parlar les poques vegades que el pare demanava al senyor Nelson que anés a comprar peix per sopar. En Leopold, com a bon prussià, preferia uns rostits de carn abundants i estofats generosos, però, de tant en tant, demanava per sopar un filet de llenguado, un plat delicat que li recordava la seva estimada Geneviève.

En qualsevol cas, en Sherlock tenia raó pel que feia a les ostres: mentre escric aquestes paraules estan considerades un requisit destinat al paladar dels opulents, però al Londres d'aquella època aquests mol·luscos eren una prerrogativa dels pobres i els venien pel carrer, per pocs cèntims.

El mercat de Billingsgate es trobava a l'extrem de la perifèria est de la ciutat, i ja vam començar a sentir la pudor de peix quan encara érem lluny dels Docks, i a veure les primeres cabanes de fusta dels pescadors adossades a un gran edifici quadrat, d'aspecte imponent, amb una columnata que donava directament al Tàmesi.

Superat el portal d'entrada, s'accedia al mercat de debò: una estesa de taulells i caixes de peix, col·locades les unes al costat de les altres al pati interior del mercat. El projecte arquitectònic nou, dissenyat pensant en l'ampliació del mercat, preveia cobrir tota la superfície amb una teulada de vidre que permetés als pescadors vendre i comerciar cada dia de l'any, però quan hi vam arribar nosaltres, una densa xarxa de bastides encara cobria la teulada i, enmig d'un caos indescriptible, la cridòria dels venedors se sobreposava a la dels paletes, que estaven enfilats allà dalt, com micos.

No sabria dir què em va colpir més: si el brogit de centenars de persones que cridaven el preu de les caixes de peix que havien portat, o la pudor que impregnava l'aire. El terra del pati estava cobert de reguerots de líquids putrefactes, negres i densos, on suraven caps tallats de peixos, tentacles, escates i fragments sangonosos d'aneu a saber quins éssers marins. Homes i dones vestits amb parracs, amb uns davantals llardosos, amb el rostre marcat pel mar i el vent, els cabells d'estopa per culpa de la salabror, amb arracades i tatuatges, les mans amb talls per les escates dels peixos, voltaven per entremig de les caixes i les xarxes abandonades a terra, la majoria descalços. Alçaven uns lluços enormes, amb els dits ficats a les ganyes, i mostraven els ulls encara lluents, però immòbils, dels peixos.

Davant seu, regatejant xíling a xíling, hi havia el servei de les cases de la burgesia, els cuiners dels restaurants i algun noble excèntric amb el bastó de passeig, a la recerca d'imatges horribles i repulsives.

—Veniu! —ens va dir l'Arseni Lupin quan ens vam capbussar enmig d'aquell enrenou. I ens va guiar, amb una certa habilitat, fins a arribar a la zona dels venedors de conquilles, la que era a tocar de les bastides dels paletes que treballaven a les obres de la teulada.

A terra hi havia apilades muntanyes d'ostres, en piràmides inestables d'on les agafaven a mans plenes els venedors ambulants per omplir les seves cistelles, sota la mirada sorruda dels patrons de les barques de pesca.

L'Arseni també va comprar per un penic una ostra tan grossa com un puny. Va arrencar el mol·lusc de la conquilla amb un cop de ganivet i se'l va ficar gola avall.

—*Excellente!* —va exclamar en francès—. El gust de la meva terra, per fi!

Vam descobrir que, en realitat, la majoria dels venedors ambulants d'ostres eren homes, mentre que darrere dels grans taulells on dipositaven la pesca que arribava directament de les barques només hi havia dones servint. En vaig comptar cinc.

—Tu creus que el missatge es refereix a una d'elles? —vaig demanar a en Sherlock.

—És en aquest mercat on els venedors ambulants compren gairebé totes les ostres que després venen per la ciutat, i és ple de dones —em va respondre el meu amic, pensatiu—. Si no vaig errat, i el nostre enigmista ens ha volgut desafiar, es referia a un lloc molt concret, en el seu missatge... I m'hi jugaria un ull que és Billingsgate! —va concloure.

És a dir, que si en Sherlock l'havia encertat, l'estrany «desafiament» tindria lloc allà: entre la cridòria de la multitud i la pudor de peix.

Aquell pensament em va accelerar els batecs del cor. Vaig assentir amb un cop de cap i vaig mirar al meu voltant.

Tenint en compte la gentada que encara abarrotava el mercat, tot i que ja era última hora del matí, ens hauríem pogut quedar allà, palplantats, observant el vaivé sense que ningú s'adonés de la nostra presència. Però així no hauríem trobat el nostre misteriós anunciant.

Però... qui buscàvem, exactament?

L'única informació que en teníem era la que ens havia proporcionat la Charlotte, la ballarina: un home jove amb el barret calat fins als ulls. Podia ser qualsevol dels centenars d'homes joves que ens passaven pel costat, cridant i renegant. Podia ser un dels pescadors, o un client. Un cuiner, una persona de servei, un majordom. Qualsevol!

Per això vam decidir dividir-nos per patrullar més bé la zona, i ens vam col·locar a una certa distància els uns dels altres, però mantenint sempre el contacte visual.

Va passar una hora. I una altra, sense que succeís res d'especial. L'Arseni va descobrir, just davant del mercat, una parada on fregien morralla i la servien en paperines de paper de diari. En va comprar tres racions i ens les va portar. Estaven calentíssimes i, tot i que no sabia ben bé què menjava, ho vaig trobar deliciós. Vam devorar els peixets fregits amb l'esquena repenjada en una de les columnes que sostenien el pis superior de la llotja. L'aire era especialment càlid, però l'olor punyent del mercat, passats els primers minuts, ja s'havia tornat més suportable.

—Ens hi podem passar tot el dia... —vaig murmurar, disgustada, ficant els dits a la paperina llardosa.

—I potser no en tindrem prou —va observar en Sherlock, que continuava inspeccionant amb la mirada la gentada efervescent que ens envoltava.

—Potser nosaltres no el veiem, però ell sí que ens pot haver vist a nosaltres...

—I com sabrà que som nosaltres? —li va preguntar l'Arseni.

—Hem firmat l'anunci com «Els tres orfenets» —va dir en Sherlock—. I mentre estiguem aquí, tots tres junts, fent-la petar entre nosaltres, cridem més l'atenció que un cirerer florit enmig d'una pineda.

—Estàs fet un poeta! —el va felicitar l'Arseni.

Però en Sherlock tenia raó. Ens vam tornar a dividir, sense perdre'ns de vista.

Podia ser l'home del barret que acabava de baixar d'un carruatge? O un dels escombriaires? Contínuament creuava mirades i escrutava rostres, anant de l'un a l'altre sense parar, indecisa i fascinada. A mesura que passaven les hores, molts pescadors marxaven perquè ja havien esgotat tota la mercaderia, i els escombriaires feien el que podien per netejar aquell podrimener amb unes llargues escombres de bruc i uns enormes cubells d'aigua que abocaven al seu voltant amb esquitxades sorolloses.

—Senyoreta Irene! —va exclamar de sobte una veu familiar i totalment inesperada. Quan em vaig tombar, em vaig trobar cara a cara amb el senyor Nelson—. Què hi fa, aquí? —em va preguntar el majordom de casa.

—I tu? —li vaig preguntar jo per guanyar temps, encara que la resposta semblava força evident, veient el paquet de paper marronós que sobresortia del gran cistell que carregava.

Em va respondre alçant-lo.

—Llenguado per fregir amb mantega i servir amb una guarnició de patates duquessa, aquest vespre, senyoreta Irene... M'ho ha demanat el seu pare. I vostè?

—He vingut a fer un tomb —vaig respondre—. Sentia curiositat per visitar les zones de Londres que conec menys...

—És clar —va replicar ell. I després va mirar al seu

voltant—. M'hi jugo qualsevol cosa que els seus inseparables amics també han sentit la mateixa curiositat... On són?

—Per aquí...

Era inútil dir-li una mentida. En més d'una ocasió el senyor Nelson havia participat en les nostres investigacions. I, en més d'una ocasió, també, no solament no havia badat boca sinó que sovint ens havia ajudat en moments força delicats (o, per dir-ho d'una manera menys elegant i més autèntica, ens havia salvat la pell!). Per tant, sabia de sobres que als meus amics i a mi ens entusiasmava ficar-nos en embolics.

—Que potser segueixen una de les seves... pistes, senyoreta Irene? —em va demanar, conscient de la meva torbació.

—Potser sí —vaig reconèixer.

—Que puc saber de què es tracta?

El vaig mirar, dubtant de què li havia de revelar i què no. Sempre havia tingut la sensació que el senyor Nelson sabia moltes més coses sobre mi i les meves aventures que no m'havia confessat mai i sovint m'havia demanat si era el pare qui m'havia posat al costat aquell homenàs fort, indestructible, fidelíssim, perquè vetllés per la meva seguretat. Amb discreció, però amb fermesa, perquè hi intervingués sempre que fos necessari.

Però no n'havia tret mai l'aigua clara.

—No sé si has llegit, al diari, el cas d'en John, un mariner que... —vaig començar a explicar-li encaminant-me a la parada de les ostres.

—Vol dir el misteriós robatori del lladre encadenat? —va replicar el senyor Nelson, que va reconèixer immediatament el succés de què li parlava—. N'he llegit alguna cosa... —va afegir, per donar-me la possibilitat de continuar el meu relat.

—Doncs bé... Hem vingut per donar un cop d'ull per aquí.

—Vostè creu que en John és un pescador?

—Que no ho són tots?

—No ben bé —va respondre el senyor Nelson, que se'm va posar al davant i em va tapar la vista de la parada de conquilles.

En aquell mateix instant vam sentir el crit. Una dona

va caure rodolant a terra i va anar a petar contra una de les piles d'ostres, que es van escampar pertot amb un sinistre soroll d'ossos trencats.

—No! —vaig cridar, consternada. Vaig apartar el senyor Nelson d'una empenta i vaig arrencar a córrer cap a ella. Era a deu passes de mi. I no havia vist res!

De reüll, vaig veure que els meus amics també corrien en la mateixa direcció.

Em vaig inclinar sobre aquella pobra desgraciada, que gemegava de dolor.

—Valor, senyora! —li vaig dir, per animar-la.

El senyor Nelson, com una ombra, es va agenollar al nostre costat i, amb una gran delicadesa, va girar la dona perquè ens pogués veure. Era una de les cinc dones que treballaven al gran taulell de les ostres, la vaig reconèixer de seguida, i em vaig fixar que amb una mà es premia l'abdomen. Tenia els dits bruts i sangosos, i a la tela del vestit s'hi veia una taca fosca. Sanglotava i gemegava, balbucejant unes paraules que no vaig entendre. Llavors, algú que teníem a tocar va cridar:

—Aviseu un metge! Hi ha una dona ferida!

Vaig alçar el cap i vaig mirar al meu voltant, buscant amb la mirada en Sherlock i l'Arseni, que em pensava que ja serien allà. No els vaig veure, però un trepig als taulons em va fer aixecar els ulls cap a les bastides.

«És clar!», vaig pensar. «Les bastides!». El nostre home no s'havia pres la molèstia de barrejar-se amb la clientela del mercat sinó que s'havia amagat allà dalt esperant el moment oportú per actuar.

Vaig veure dues ombres que corrien per les bastides i vaig reconèixer els meus dos amics. Després, vaig veure com en Lupin s'enfilava, com una aranya, d'un pis a l'altre, amb una gran rapidesa. Més amunt, durant un instant, em va semblar veure una tercera ombra que mirava avall des de la teulada i després desapareixia.

—Ànims... —murmurava l'Horaci a la dona ferida mentre l'ajudava amb mà delicada però ferma a estirar-se a terra—. No es mogui... No pateixi. Tot anirà bé, ja ho veurà.

La meva mirada es va creuar amb la d'aquella pobra dona i em vaig sentir tremendament culpable per no haver pogut impedir-ho. Després, mentre mirava al meu voltant, desolada, vaig veure entre les conquilles la resplendor del tall d'un ganivet brut de sang.

Sense pensar-m'ho dues vegades, el vaig agafar i me'l vaig ficar a la butxaca.

I l'Horaci, l'únic que podia haver-me vist fer-ho, no va dir ni una paraula.

Capítol 12

UNA ESTRELLA MISTERIOSA

—Se m'ha escapat! —va exclamar l'Arseni Lupin, furiós—. No me'n sé avenir!

—L'has pogut veure? —li vaig demanar.

—Que si l'he vist? És clar que l'he vist! He vist un paleta que s'enfilava a la teulada i després baixava per la part oposada, amb una corriola i una corda que ja tenia a punt!

L'Arseni caminava amunt i avall per la nostra sala d'estar, com una fera engabiada.

—Abans que tingués temps d'arribar a la corda, ell ja l'havia tallat per l'altre costat i havia desaparegut! Puf! Entremig de tothom, com si no hagués existit.

En Sherlock se l'escoltava, immòbil, assegut a la taula, immers en les seves conjectures. Sens dubte l'havia encertat plenament quan havia dit que ens desafiaria.

Ho havia fet, i ens havia derrotat.

Qui? Un jugador astut que havia planificat aquell enèsim cop d'escena amb una precisió increïble. I ens havia demostrat que, a més d'una ment brillant, també estava en unes excel·lents condicions físiques. Una ment brillant que rivalitzava amb la d'en Sherlock i una agilitat que igualava la d'en Lupin.

No li faltava res... A part, evidentment, d'un toc femení. I potser aquest detall seria d'una importància fonamental; si més no, m'agradava pensar-ho.

—Tinguem present que aquesta vegada també ha organitzat una posada en escena... però no ha mort ningú —vaig comentar, observant el ganivet que havia ferit la venedora d'ostres. L'havíem col·locat, força despreocupadament, damunt de la safata de plata del servei de taula de casa meva.

—L'espectacle estava dedicat a nosaltres —va murmurar en Sherlock, malhumorat—. No li interessava matar ningú. Igual que amb l'arquer. I el mariner. No vol el delicte. Li interessa la forma del delicte. És com... —En Sherlock va passejar la mirada pels quadres que hi havia penjats a la sala d'estar: els paisatges elegants, les natures mortes i els retrats dels avantpassats del pare—. És com un artista del crim. Ho fa com si fos una forma d'art.

—Em fa venir esgarrifances —vaig comentar.

—Però això no explica per què ho fa —va observar l'Arseni, ajuntant les mans davant del pit.

—Què desitja un artista? —es va preguntar en Sherlock en veu alta.

—Portar a terme una obra mestra —li va respondre en Lupin.

—Desitja que el vegin —vaig respondre jo.

En Holmes em va assenyalar amb un dit.

—Cridar l'atenció —va dir—. Vol que algú s'adoni de la seva existència.

—Nosaltres? —va demanar l'Arseni.

—No —va objectar en Sherlock—. Nosaltres no hi tenim res a veure, amb la seva obra. Més ben dit: ara sí, però no estàvem previstos. Li hem cridat l'atenció publicant l'Alfabet del Polzet al *Times*, i després hem estat tan ases de fer-nos veure al mercat del peix. Teníem un avantatge sobre ell: no ens coneixia. No sabia qui érem. En canvi, ara...

—Hem de tenir por? —li vaig preguntar.

—Depèn del seu pla i del seu objectiu real —va dir en Sherlock, encongint-se d'espatlles—. Si és tal com m'imagino, es limitarà a divertir-se fent-nos presenciar l'espectacle, almenys mentre no ens consideri uns espectadors massa molestos...

—I no es pot haver espantat, en veure'ns al mercat?

—Per què? De quina manera li hem impedit fer el que volia? Ha ferit la dona i s'ha escapat tranquil·lament per les bastides, tal com tenia previst... potser una mica més de pressa, perquè el perseguia en Lupin. Més aviat, la pregunta que ens hem de plantejar és: quanta estona feia que era allà estudiant-nos? Ens ha vist acostar-nos a les parades, parlar entre nosaltres, separar-nos, espiar el mercat, menjar junts, separar-nos novament... Què deu haver pensat de nosaltres?

—Digue'ns-ho tu —va dir l'Arseni.

—Que som uns aficionats —va respondre en Sherlock, sospirant—. Els «tres orfenets» són tres adolescents que juguen a investigadors. Per mi que ha tingut una decepció. Jo crec que s'esperava que l'hagués descobert algú... que no érem nosaltres.

—Qui pot ser aquest «algú»? Scotland Yard?

—No en tinc ni idea —va reconèixer en Sherlock—. Però estic convençut que si aconseguim entendre-ho, també entendrem la persona que busquem.

—I on l'hem de buscar, potser.

—Ah, però el lloc on l'hem de buscar és fàcil... —va murmurar el nostre amic, assenyalant a la part de fora de la finestra—. És aquí. A Londres. Potser molt més a prop que no ens pensem.

—El te, senyors... —ens va interrompre en aquell

moment el senyor Nelson, entrant al saló. Duia una gran safata on hi havia una colossal tetera de majòlica blanca que treia fum i esbufegava vapor.

—Gràcies, Horaci —vaig respondre, fent espai a la taula.

L'Arseni va acostar la cadira i es va col·locar davant d'en Holmes.

—Gràcies —va dir en Sherlock—. Ni sucre. Ni llet. Ni llimona. Sol, sisplau.

El senyor Nelson el va servir i després va fer el tomb a la taula, passant pel costat llarg.

—Han tingut prou temps per comentar el cas, el senyoret Holmes i el senyoret Lupin? —va preguntar mentre ens servia.

—Sí, Horaci, n'hem tingut prou —li va respondre l'Arseni.

—I de què han parlat, exactament? —va demanar el majordom.

—De... com anomenar... aquest artista del crim... aquest titellaire que utilitza un poema infantil per... cridar l'atenció, segons diu en Sherlock.

—I vostè què hi diu, senyoret Lupin? —va insistir l'Horaci.

—Que és molt ràpid —li va respondre.

—Sovint, la velocitat és un defecte de les creacions d'èxit.

—Ja ho pot ben dir, senyor Nelson —va respondre l'Arseni.

—Tret que el seu creador sigui un autèntic geni —va dir en Sherlock, ficant-hi cullerada—. En aquest cas, la velocitat és una altra arma a les seves mans.

—Oi tant! I, per cert..., acaba de dir la paraula màgica, senyoret Holmes: arma —va dir el senyor Nelson quan, finalment, es va aturar davant meu—. Han descobert el significat de l'hexagram que hi ha gravat a l'empunyadura?

El vaig mirar, estupefacta. Què s'empatollava, l'Horaci?

En Sherlock, en canvi, va saltar de la cadira, com si l'hagués mossegat un escorpí.

—No l'he pogut observar gaire, quan la senyoreta Irene l'ha... recollit —va continuar dient el senyor

Nelson, amb un aire de suficiència que em va resultar immediatament irritant—. Però m'ha semblat veure un dibuix estrany a l'empunyadura. Fixi-s'hi, senyoret Holmes. El veu? No li sembla que és un motiu ornamental força estrambòtic? Jo diria que... l'han gravat al ganivet perquè es converteixi en un objecte... únic?

En Sherlock Holmes havia agafat el ganivet amb un tovalló, per no alterar cap dels minúsculs detalls que hauria pogut observar amb un estudi aprofundit, un estudi que sens dubte tenia intenció de portar a terme, però... el senyor Nelson li havia passat al davant abans de tenir temps de fer-lo.

—Un hexagram... —va murmurar, mirant-lo a contrallum—. És veritat, és un hexagram!

Jo tenia dues possibilitats. La primera era admetre, honestament, que havia tingut el ganivet a mà durant tota l'estona que havíem trigat a arribar a casa meva i que l'havia col·locat a la safata sense haver-me fixat en aquest hexagram que hi havia gravat a l'empunyadura. I la segona, encara pitjor, era admetre també que no tenia ni la més remota idea de què era, exactament, un hexagram.

—És això —em va dir en Sherlock, com si m'hagués llegit el pensament.

Em va ensenyar una estrella de sis puntes, composta de dos triangles regulars que s'intersecaven.

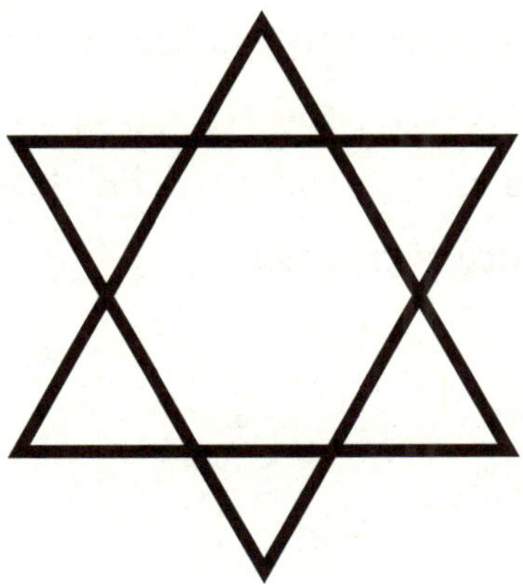

—És una estrella —vaig murmurar.

—Una estrella que, segons com, pot ser perillosa... —va observar en Sherlock.

—I, segons vosaltres, què significa? —vaig preguntar.

Sense respondre'm, en Sherlock va passar el ganivet a l'Arseni i l'Arseni al senyor Nelson, que el va rebutjar cortesament.

—Si em permeten que els doni un consell... —va dir llavors el nostre majordom.

—No cal que ens ho diguis, Horaci... —el vaig interrompre—. I tens tota la raó. Ens hauríem de mantenir al marge d'aquesta història.

Em va fer un somriure i va repenjar l'esquena en un muntant de la porta.

—Beguin-se el te abans no es refredi —va concloure amb un somriure sorneguer.

Capítol 13

L'INICI I LA FI

El silenci de la biblioteca del Museu Britànic era un silenci molt especial, diferent dels altres silencis que havia escoltat al llarg dels anys. Només el trencava una fressa lleu de passos, de pàgines fullejades, d'estossecs respectuosament reprimits. El soroll de la saviesa del món. Serè i constant.

Vam pujar els esglaons en companyia del ressò dels

nostres passos i dels insòlits batecs del meu cor. Tenia por, és inútil que provi d'amagar-ho, i només la presència d'en Sherlock i l'Arseni al meu costat m'ajudava a tranquil·litzar-me. No era la primera vegada en la vida que tenia aquesta sensació, però aquell dia, després de l'incident del mercat del peix, l'ombra del nostre misteriós adversari que s'abocava des de la teulada per mirar-me em tornava al pensament una vegada i una altra. No en sabíem res, no teníem un nom, un rostre... Res! Però sabíem que l'havíem desafiat, en un joc que no era el nostre, i que ell havia acceptat el repte. Vaig agafar en Sherlock d'un braç i l'Arseni de l'altre, i vam pujar plegats per l'escala, fins al taulell de l'entrada.

La biblioteca, com el museu, era immensa, i emanava aquell aire imperial que els seus arquitectes s'havien esforçat a infondre-li. També m'hauria atemorit si hi hagués entrat un dia qualsevol, però és que aquella tarda n'hi havia prou amb una mirada una mica massa prolongada d'un home amb barret per fer-me sobresaltar.

—Voldria consultar el *Tractat sistemàtic de simbologia*

del senyor Bushwop —va especificar en Sherlock Holmes a l'homenet desdenyós que ens va atendre.

El vam seguir fins a una sala on ens va semblar que s'orientava perfectament entre centenars de prestatges idèntics fins que es va aturar per agafar tres voluminosos toms relligats amb un cuir esgrogueït. Llavors, l'home ens va acompanyar fins a una taula de lectura i ens va deixar allà, sota la llum d'un gran finestral.

Després vam veure que s'atrinxerava darrere el seu petit escriptori, des d'on ens llançava, de tant en tant, unes mandroses mirades per controlar què fèiem.

La sala on érem estava revestida amb un enfustat que gairebé arribava a un sostre amb voltes de creueria. A cada pas, a cada moviment, tot grinyolava: el terra de fusta, les cadires, la taula, fins i tot les parets. Era un museu dins del museu. El regne dels corcs.

Ens vam asseure l'un al costat de l'altre i, mentre algú tancava una porta llunyana i la llum del finestral es tenyia del color de la posta, vam passar revista a tot el que vam trobar sobre la figura de l'hexagram.

Primer de tot, era realment una estrella de sis puntes,

formada per dos triangles equilàters els vèrtexs dels quals dibuixaven un hexàgon regular. L'Arseni va proposar que ens saltéssim la informació de caire matemàtic i les normes per dibuixar un hexagram amb un compàs, i vam anar a les pàgines que el professor Bushwop dedicava al conjunt de significats simbòlics d'aquella figura, provant d'entendre-hi, en cadascun, si podia estar relacionat amb el nostre cas. I per què l'havien gravat a l'empunyadura del punyal que havia ferit la venedora d'ostres.

A l'Índia, va llegir en Sherlock, els hexagrams eren un símbol dels mandales, els laberints geomètrics que faciliten la meditació. En diuen yantres i representen la unió del cel i la terra, i l'equilibri que obtens quan arribes al nirvana.

—L'alliberació del cos dels paranys del món sensible... —va llegir l'Arseni.

—Un fugitiu? Un evadit? Un criminal que ha sortit de la presó i busca venjança?

Podria ser Scotland Yard, o algú de Scotland Yard, el destinatari d'aquell espectacle, tal com havíem conjecturat nosaltres?

Els dos triangles tenien cadascun un nom per a l'hinduisme: om i hrim... Però això no ens portava enlloc.

Llavors vam passar a la simbologia hebraica, en què l'hexagram també rep el nom d'«estrella de David», fent referència al rei David, que va matar Goliat amb la fona. Ho vam comprovar, però l'Alfabet del Polzet no esmentava cap David ni cap fona.

Pel que feia a la forma d'estrella, l'hexagram estava considerat com un amulet potent, una forma que podies traçar al teu voltant per defensar-te dels dimonis.

—Un punt per a l'Arseni... És molt possible que realment tingui un significat ocult.

—Però si hem d'aprofundir en els significats de l'hexagram en l'ocultisme —va murmurar en Sherlock—, no som al lloc adequat.

Per a aquella mena d'informació necessitàvem abandonar l'auster tractat del professor Bushwop i rebaixar molt les pretensions científiques de la nostra recerca.

Com que res del que havíem llegit sobre els possibles significats de l'hexagram ens va ajudar a treure'n l'entrellat, vam decidir canviar d'escenari. Ens vam apuntar les últimes informacions i després vam sortir seguint en Sherlock, que semblava que sabés perfectament on havíem d'anar. Ens va guiar fins al número 39 de Carnaby Street; un cop allà, vam entrar en un passatge anomenat Pugh's Place i, al carreró estret que s'obria a l'altre costat, vam trucar a una porteta. Ens va obrir una vella matrona de color que ens va mirar com si tinguéssim la pesta.

—Què voleu?

—Què ens en saps dir, d'això? —li va preguntar en Sherlock, i va fer llampeguejar en la foscor un parell de xílings. La maga, perquè era una maga, es va apartar per deixar-nos entrar.

Ens va conduir fins a una saleta plena a vessar de llums i fanalets que formaven un halo de reflexos tremolosos. Ella es va asseure damunt d'un coixí flonjo i nosaltres ens vam asseure a terra, damunt d'una catifa tronada.

—I doncs, nois? Què us interessa saber, exactament? —ens va preguntar a continuació.

—Uix! —va exclamar l'Arseni, al cap de mitja hora—. Estem empudegats d'encens de cap a peus, i en sabem exactament el mateix que abans! D'on l'has tret, aquesta bruixa, eh?!

En Sherlock, que caminava darrere nostre, no li va respondre.

La matrona ens havia omplert el cap de conceptes incomprensibles: havia definit l'hexagram com el Talismà de Saturn, citat al *Llibre dels morts* tibetà, i havia relacionat els triangles de l'estrella amb els quatre elements. Després els havia relacionat amb el cos humà que, segons ella, està governat per set punts de control, i el més important de tots, el txakra fonamental, el simbolitza l'estrella sencera.

—Salut i saviesa... —ens havia explicat, dibuixant a terra l'arbre de les sefirot, unes esferes unides entre si per uns passatges que formen més hexagrams.

I havia afegit que allò que buscàvem era el símbol de la creació i la plenitud. De l'inici i de la fi, on l'inici no era el veritable inici i la fi no era la veritable fi.

—És així a dalt i és així a baix... Aquest és el significat

dels dos triangles —va concloure la maga, abans d'enviar-nos de pet al carrer.

—Dos xílings ben gastats! —va exclamar l'Arseni, amb una ironia indignada—. Vinga, anem a prendre alguna cosa!

Vam sortir a Carnaby Street i vam mirar al nostre voltant, sense saber ben bé què fer.

Un cartell es gronxava mandrosament per damunt dels nostres caps.

—És clar! —va exclamar en Sherlock—. La maga té raó!

L'Arseni em va mirar, desconsolat.

—Ens ho hem buscat...

—En què tenia raó? Au, va, digues... —li vaig demanar al nostre amic.

—L'inici no és l'inici... —va dir—. L'inici no era l'inici, de cap de les maneres!

Havent dit això, en Holmes se'n va anar en direcció contrària a la que havíem seguit fins llavors.

—Sherlock! —el vaig cridar.

I la seva resposta va ser arrencar a córrer.

Capítol 14

LA TESTIMONI

No vaig aclucar l'ull en tota la nit, però va ser una sort perquè així no vaig tenir malsons. No em vaig enfilar a cap arbre, no se'm va trencar cap branca ni em va perseguir cap desconegut.

L'endemà al matí, quan vaig arribar a la Shackleton, no hi havia ningú. I a casa de l'Arseni, tampoc. No vaig tenir altre remei que provar d'anar a casa d'en Holmes.

Quan hi vaig arribar, em va sorprendre que el jardí estigués tan ben cuidat. Era molt modest, comparat amb el nostre, però la gespa estava tallada amb cura, els parterres al costat de les parets eren atapeïts i ufanosos, i les bardisses estaven perfectament esporgades.

I encara em vaig quedar més parada quan vaig saber que havia estat en Sherlock en persona qui, de manera sobtada i compulsiva, s'havia engrescat per la jardineria. M'ho va revelar la seva mare, quan vaig trucar a la porta i li vaig demanar per en Sherlock. No hi era: havia sortit corrents amb el seu amic Lupin, dient que tornarien al cap de poca estona. Però ja havia passat mitja hora. Per tant, la senyora Holmes em va aconsellar que els esperés amb ella, i em va invitar a un te.

—És a dir, que vostè és la senyoreta Irene... —em va dir—. El meu fill me n'ha parlat molt, de vostè.

—Ah... De debò?

Em vaig quedar estupefacta. Em costava d'imaginar en Sherlock Holmes fent petar la xerrada amb la seva mare. Me l'imaginava taciturn, silenciós, sempre capficat en les seves cabòries. Però era evident que m'equivocava.

La senyora Holmes era molt afable i la seva companyia em va resultar molt agradable. S'assemblava molt al seu fill. Es recollia els cabells, grisos i llargs, en un gran monyo que li donava una certa distinció. Tenia les mans ben cuidades i els dits forts. No es va sentir gens incòmoda parlant amb mi, com si fóssim iguals i jo no fos una noieta pèl-roja, amiga del seu fill mitjà.

Durant la nostra conversa, la petita Violet va treure el cap a la cuina un moment però, en veure'm, se'n va anar corrents amb un gran somriure.

Mentre xerràvem vaig tenir la impressió que en aquella família hi regnava una gran serenitat, cosa que xocava amb la versió d'en Sherlock sobre la tornada d'en Mycroft i la relació conflictiva entre els dos germans.

—Sí, és veritat que els meus fills grans no s'entenen gaire, últimament —va dir la senyora Holmes, somrient—. I el més jove sembla que hi hagi agafat gust! Fins i tot ara que en Mycroft se n'ha hagut d'anar a Manchester uns quants dies, en Sherlock continua acampat al cobert... Per mi que l'ha convertit en el seu refugi, com si diguéssim.

Després, la senyora Holmes es va abocar a la taula, com es fa quan vols explicar una confidència, i em va dir que últimament a en Sherlock li havia agafat la dèria de la jardineria i havia portat a casa un munt de llibres sobre aquest tema, i que fins llavors ella no sabia que se n'haguessin escrit tants sobre les plantes.

—Dorm fora, llegeix fora, escriu fora... —va dir, sospirant—. Ara tenim el jardí més bonic del barri.

El reixat de l'entrada va grinyolar feblement.

—Mi-te'ls! Ja són aquí! —va exclamar la senyora Holmes.

Em va fer un gest perquè em quedés asseguda. Va anar a la finestra i va mirar cap enfora.

—Són al cobert de les eines, com de costum... —em va xiuxiuejar—. Val més que faci veure que acaba d'arribar... Ja sap com són els fills mascles: no entendrien mai les confidències entre les dones.

Li vaig dir que hi estava totalment d'acord. Em vaig acabar el te, li vaig donar les gràcies i després vaig travessar la planta baixa de puntetes, en direcció a la porta d'entrada.

Estava a punt d'obrir-la, quan vaig sentir una presència darrere meu. En girar-me, vaig veure al capdamunt de les escales la petita Violet, que aferrava pel coll una nina de drap amb els cabells pèl-rojos.

—Tu no et casaràs amb el meu germà —em va murmurar, mirant-me intensament.

—Violet! —la va cridar la senyora Holmes, des de la cuina.

—FFFTTT! T'he vist! —va dir la Violet, ensenyant-me les dents, com una hiena.

Després va llençar la nina als esglaons, en direcció cap a mi, i se'n va anar corrent pel passadís.

Capítol 15

LA LLETRA QUE HI FALTAVA

Bastant trasbalsada, vaig trucar fluixet a la finestra del cobert de les eines.

—Has arribat en el moment oportú! —em va dir en Lupin, que em va acollir amb una abraçada i, en sentir la meva fredor glacial, va xiuxiuejar—: T'ha passat alguna cosa? Que no et trobes bé?

—D'aquella manera —vaig murmurar, mirant-lo—.

Tenint en compte que la germana d'en Sherlock m'acaba d'escanyar...

Va esclatar a riure d'una manera tan espontània que no vaig poder fer altra cosa que imitar-lo.

—Voleu fer el favor d'entrar?! —ens va cridar en Sherlock, des de l'interior del seu minúscul reialme.

Havia entapissat tot el cobert amb pàgines de diari, que havia afixat de totes les maneres possibles a les parets, a la teulada inclinada, i fins i tot als vidres d'una finestreta. Al centre del cobert, entre càvecs, escombres, rasclets i falçs de dimensions diferents, hi havia una taula rudimentària, formada per dos taulons col·locats damunt d'una bóta, a més de l'habitual butaca enfonsada, on seia en Sherlock, aclofat com un mussol gegant.

Ni tan sols em va saludar, com si fos completament normal que fos allà. I jo, seguint el consell de la seva mare, em vaig abstenir de comentar-li que ja feia estona que havia arribat.

—Tal com et deia, Arseni..., no he aclucat l'ull en tota la nit, repetint-me contínuament la mateixa frase: l'inici no era l'inici, l'inici no era l'inici... i la repetia per un motiu molt senzill. Perquè és veritat: l'inici no era l'inici, de cap manera!

Va agafar una pàgina de diari de les que tenia clavades a la paret i la va posar a la taula. Era l'entrefilet del cas Archer, que havia marcat amb un cercle de tinta.

—És la A, la que ens va enredar. A com la primera lletra de l'alfabet, però no la primera a l'esquema del nostre artista del crim... —En Sherlock va respirar fondo—. No, perquè el nostre artista del crim ja feia dies que havia posat fil a l'agulla... però nosaltres encara no ens en havíem adonat! I això el devia enfurismar.

—Però si tu vas dir que, tot això, no ho fa per demostrar-nos alguna cosa a nosaltres... —vaig objectar.

En Sherlock em va llançar una mirada corrosiva, que em va convèncer perquè no el tornés a interrompre. I em vaig tornar a demanar com era possible que aquell noiet esquerp, amb una lògica aclaparadora, hagués fet unes confidències amables sobre mi a la seva mare. Potser és que la senyora Holmes havia utilitzat la seva pròpia capacitat de deducció i l'havia exercitat durant les poques converses que tenia amb el seu fill.

—He dit «nosaltres» en un sentit general —va dir en Sherlock—. Volia dir «nosaltres, els espectadors».

—Continua! —el va animar en Lupin.

—Si la intuïció no m'enganyava, i la A d'Archer no era la primera de les seves posades en escena, allò que havia d'esbrinar era si s'havien comès més delictes insòlits els dies precedents. I la resposta és que...

—Sí —va suposar l'Arseni.

—Oi tant que sí! —va bramar en Sherlock Holmes—. I no un de sol: tres!

Va assenyalar a en Lupin una pàgina de diari i li va demanar que la desenganxés de la paret, i la va col·locar damunt de la taula, davant de la notícia de l'ataconador.

—Som-hi... —va murmurar en Sherlock, i va començar a llegir la notícia—: Un pobre llauner d'Islington es va despertar al seu llit amb el cap ficat dins d'una olla, que se li estrenyia al voltant del coll, com un elm, i amb prou feines tenia espai per respirar. Pel que semblava li havien soldat l'olla al voltant del cap mentre estava inconscient (borratxo o drogat, com els altres) i van haver de cridar un altre llauner perquè l'alliberés.

—Déu meu... —vaig murmurar—, quin horror...

—*T was a Tinker, and mended a pot...* —va cantussejar en Sherlock. I després va afegir—: Irene, agafa el diari que tens damunt del cap... sí, aquest.

El vaig desenganxar i vaig llegir:

—«Jeremiah Doobe, un conegut atracador d'estafetes de correus, ha estat trobat lligat i emmordassat davant de la comissaria de policia del barri de Canonbury. L'home ha explicat que un desconegut que ha anomenat "el diable" el va assotar fins a perdre el coneixement després d'haver-lo agredit i immobilitzat». —Vaig mirar els meus amics, i vam fer—: *R was a Robber, and wanted a whip.*

Vaig passar l'article a en Sherlock, que el va posar al costat del del llauner.

—I, per acabar —va anunciar en Sherlock—, una tercera notícia: «A l'advocat Mason, que té el títol honorífic d'*esquire*, li han robat tot el que tenia de valor a la seva casa nova de Lansdowne Road, al barri de Dalston. Quan la seva criada ha tornat de fer les compres, l'ha trobat nu, inconscient, lligat de mans i peus i amb les celles completament afaitades».

—Déu meu! —vaig exclamar, esgarrifada.

—*E was an Esquire, with pride on his brow...* —va llegir en Lupin, de l'Alfabet del Polzet.

L'article va anar a parar al seu lloc, al costat del de l'atracador, i llavors no em vaig poder contenir i vaig fer la pregunta:

—I ara?

En Sherlock va fer un feix amb els articles, els va retirar de la taula i després hi va col·locar un mapa de Londres.

—Una mica de paciència —em va dir—. Perquè ahir, seguint el consell de l'Arseni, ens vam saltar el capítol més útil dels que podíem consultar en el nostre tractat de simbologia... és a dir, les instruccions per fer això...

Amb una certa dificultat, però sense titubejar, en Sherlock Holmes va repenjar damunt del mapa de Londres la punta d'un compàs i hi va dibuixar un hexagram, fent coincidir cadascuna de les puntes de l'estrella amb un dels indrets on s'havien comès els delictes. Un vèrtex per a l'arquer del xef de l'Hotel Bingley's, a Drury Lane, un al lloc on havien encadenat el mariner, a Turner Street. El tercer a Billingsgate, on havien apunyalat la venedora d'ostres. Després li va tocar a un punt al nord-oest, Bingfield Street, al barri d'Islington, on hi havia la casa del llauner amb el cap empresonat dins d'una olla, després la comissaria de policia de l'atracador assotat, al barri de Canonbury, i, per acabar, la casa de l'advocat sense celles, més a l'est, a Lansdowne Road. La figura que en sortia era d'una precisió esfereïdora, malèfica. Cada ratlla nova que en Sherlock traçava al mapa feia venir esgarrifances.

Quan va fer l'última, l'Arseni va preguntar, fluixet:

—I ara, què?

—Doncs ara haurem d'esbrinar el lloc on cometrà el pròxim delicte.

—Vols dir que no s'ha acabat? La figura ja està completa...

En Sherlock va fer una ganyota diabòlica.

—Segons el nostre artista, no. Fixeu-vos què passa si, damunt de cada vèrtex, hi posem la lletra corresponent de l'Alfabet del Polzet, seguint l'ordre en què ha comès els altres delictes...

Pel que semblava, en Holmes encara no havia acabat de sorprendre'ns. Ràpidament, va traçar una T damunt del vèrtex del llauner, després la R del lladre, la E de l'advocat, la A de l'arquer, la S del mariner i, al final, la O de la venedora d'ostres.

La seqüència que se'ns va aparèixer davant dels ulls era claríssima tot i estar incompleta: TREASO. Només se m'acudia una lletra que donés sentit a aquella paraula: una N final.

—*Treason*... Traïció! —va murmurar l'Arseni.

—I, segons vosaltres... —vaig preguntar—, qui ha traït a qui?

Capítol 16

TEMPS DE REVELACIONS

Podem trair els amics. Les persones que estimem i les que no estimem. Els pares i els fills. Els companys de feina. Les nacions. Els generals, els exèrcits... Les possibilitats eren incalculables. I, al fons de la qüestió de la traïció, n'hi havia una altra de més profunda, amb una essència que em va turmentar durant tota la nit. La confiança. Confiar en algú també significa acceptar una possible traïció. I quan la traïció es produeix, què se'n fa de la confiança, d'aquell acte de valor?

¿Que no em van trair, els meus pares adoptius, que durant tants anys em van fer creure que eren la meva família de debò? Jo confiava en el que m'explicaven de mi i de la meva infància... ¿I no vaig trair la confiança d'en Leopold, cada vegada que em saltava les classes de cant per seguir les aventures del nostre trio d'investigadors?

I què en puc dir de l'Arseni i d'en Sherlock? Es refiaven cegament l'un de l'altre. Però tots tres, cadascun a la seva manera, havíem traït els altres. Oi que ens havíem fet petones, l'Arseni i jo? Oi que ens havíem confiat secrets, abraçats l'un a l'altre, en Sherlock i jo? ¿Eren moments en què es trencava la confiança del trio, o eren un reforç de la que, excepcionalment, ens unia? Donàvem confiança per rebre'n? O en donàvem i prou? Hi havia una norma general, un comportament establert, un camí a seguir?

Em regirava al llit en una nit que semblava immòbil, i la meva resposta era no, un no que la foscor agegantava, i tan impertorbable i solemne com només ho poden ser els pensaments nocturns. Pensava i rumiava. La imatge de la confiança se m'apareixia com aigua que entrava i sortia d'un rentamans, l'omplia i després es vessava. S'evaporava i es convertia en gotes de pluja. Però no podia entendre què podia ser, en aquella metàfora, el rentamans que la contenia. Quan era buit, què succeïa? El pare traït escridassava el fill. Una bufetada entre els amants. Una parella que se separava per sempre. Una altra que esperava temps millors i mentrestant s'entristia. Una guerra que es declarava. Un tribunal que havia de pronunciar una sentència. Un jutge convocat. Déu, a qui tothom invocava...

«Per obtenir justícia», vaig pensar. O potser per una simple venjança. Són les dues paraules que em turmentaven aquella nit: justícia i venjança. La justícia era la moneda de la confiança? I què permetia comprar? Una confiança nova de trinca? Confiança per dipositar-la en unes altres persones o en les que ens havien traït? Llavors, què era la venjança? Una arma, em vaig dir. Una arma devastadora.

Em vaig despertar amb aquella idea al cap. Em vaig llevar i vaig descórrer les cortines per mirar fora: encara era negra nit, el jardí remorejava i una capa de fum agrisava Londres. De cop i volta, vaig tenir una certesa absoluta: l'home misteriós que buscàvem no era un traïdor, sinó algú a qui havien traït. La confiança que havia dipositat en algú s'havia ofuscat. I ara se'n venjava, terriblement, implacablement. El seu gran projecte, l'hexagram que traçaven els seus moviments al mapa de Londres, era la seva venjança, gairebé completada. Només hi faltava una lletra, un últim gest... Qui el devia haver traït? Qui l'havia enganyat? Qui li havia desfermat aquella fúria?

Sentia que tanta energia havia de sorgir d'una relació molt íntima i personal. De la traïció d'un desconegut, no te'n venges d'aquesta manera. No. Havia de ser una cosa molt més profunda. Una qüestió familiar, em vaig dir.

Un pare, una mare, un germà.

Un mestre.

Vaig arribar a aquesta conclusió a trenc d'alba.

—Ha publicat un altre anunci! —va bramar en Sherlock, amb una expressió exaltada, així que ens vam trobar al nostre despatx extraoficial de la Shackleton Coffee House.

Va desplegar el *Times* damunt dels seus genolls i va afegir, tot satisfet:

—I, pel que sembla, la vam encertar centrant-nos en l'aspecte esotèric de la qüestió. Llegiu!

Ens va passar la pàgina i en Lupin i jo, estrenyent-nos l'un amb l'altre, vam llegir:

Benvolgut senyor Osaert,

La meva societat se sentiria molt honrada d'invitar-lo, en qualitat de ponent, a la nostra propera reunió, abans del gran ball de màscares de mitjanit, al palau de cristall. Ja li he enviat el protocol a seguir. Porti'l, si troba la manera de respondre a la present, i presenti's a l'entrada amb el seu millor vestit.

Cordialment,

N.

—Protocol, sala de ball, mitjanit, palau de cristall... —va murmurar l'Arseni—. Que tornem a ser en un ambient de conte de fades o què? Només hi falta la sabata de cristall i la carbassa que es transforma en carrossa...

—N —vaig observar—. Pot ser la inicial del seu nom, o bé...

—L'última lletra que ens faltava.

—*N was a Nobleman, gallant and bold...* —els vaig recordar—. Un noble i un ball... a què ens han invitat.

—Hi està invitat el senyor Osaert, deus voler dir... —va objectar en Lupin.

—Quin nom més estrambòtic, oi? Però dubto que es tracti d'un personatge flamenc o suec, benvolgut Arseni... —vaig replicar. I, pensant en el títol que el senyor Samuel Butler havia donat a la seva novel·la, *Erewhon*, vaig llegir *Osaert* al revés, és a dir: Treaso—. La N que falta és la seva firma.

En Sherlock havia creuat els dits davant de la punta del nas, tal com feia sempre que estudiava, al mateix temps, moltes possibilitats diferents.

—És per aquest motiu que us he dit que ell sap que

nosaltres sabem. O, si més no, espera que ho hàgim entès. —Va assenyalar el diari—. És a dir que ara, d'alguna manera, el joc és entre ell i nosaltres. Només ell pot saber que tenim el ganivet i que, per tant, hem arribat a l'hexagram. Potser s'esperava que l'entregaríem a Scotland Yard i que, a hores d'ara, la policia ja estaria al corrent de les seves intencions.

—Potser encara som a temps de fer-ho... —vaig puntualitzar.

—O potser s'estima més jugar així —va continuar dient en Sherlock—. De la mateixa manera que es va encarregar d'enviar el telegrama a Scotland Yard, i avisar la premsa, podria fer el mateix amb el ganivet i revelar públicament el seu pla... però no és això el que vol. Ell vol que el descobreixi algú que decidirà ell. I em sembla que ha decidit que nosaltres estem a l'altura del seu espectacle.

—I ho estem? —li vaig demanar.

—Oi tant! —va respondre en Lupin, immediatament. Després, va tornar a llegir l'anunci—. Aviam... aquí parla ben clarament d'una societat...

—Exacte —va dir en Sherlock—. I d'una reunió. Potser el nostre home no actua sol, sinó que forma part d'un grup, una secta secreta... potser d'un grup d'ocultistes. El projecte de l'hexagram podria formar part d'un ritual secret. Potser és maçó o un adorador d'una antiga divinitat egípcia; ja n'hem trobat, d'aquests, però...

—No crec que es tracti d'un grup —vaig objectar—. Un joc com aquest, només el pot controlar una persona sola. —I, perquè quedés més clar, vaig afegir—: És massa minuciós i perfecte en la seva complicació. No és un pla que es pugui compartir. —Els meus dos amics em miraven atentament—. Si voleu saber què en penso, nosaltres som tres, però ell només un, un de sol. Traït i venjatiu.

—Estic d'acord amb la Irene —va dir l'Arseni.

—I jo també, en el fons —va admetre en Sherlock.

—Llavors, a què treu cap el contingut de l'anunci? —va observar l'Arseni, pensatiu—. Si no es tracta d'una societat secreta de delinqüents... o, encara més improbable, d'uns crims estrambòtics i sense cap relació entre si... la reunió de què parla podria ser amb nosaltres.

—Potser sí... —va murmurar en Sherlock—. I el nostre Senyor X ens ha donat un termini molt curt perquè puguem comprendre què barrina.

—Avui mateix, a mitjanit —vaig dir.

—No ben bé —va observar en Sherlock—. *Abans* de la mitjanit. Més ben dit: del ball de mitjanit.

—L'hora en què la carrossa torna a ser una carbassa —va afegir l'Arseni.

—Però nosaltres no hem rebut cap protocol... —els vaig fer notar.

—Podria ser el punyal —va dir en Sherlock.

—I diu que portem el millor vestit que tinguem...

—Per tant, es tracta d'un acte formal. Un ball... aristocràtic. Sabeu si aquesta nit hi ha cap ball d'aquesta mena?

Jo estava al corrent d'un ball que se celebrava aquell vespre, però no em semblava que fos la mena d'acte que pogués estar relacionat amb el nostre cas. Quan el pare i jo vam anar a sopar a l'Hotel Bingley's, el pare s'havia trobat, a la saleta on esperàvem que ens acompanyessin a la nostra taula, un vell conegut seu: un tal Lord Featherstone, que el va invitar a la festa que feia per celebrar el seu segon matrimoni, i que tindria lloc precisament aquell vespre.

Al pare el va horroritzar la idea que un home pogués fer una festa per un segon matrimoni i, durant el sopar, es va estar molta estona en silenci; semblava concentrat en el centelleig de la cristalleria. Jo, en canvi, no hi vaig trobar res d'escandalós, i l'hi vaig dir. Al capdavall, la vida continuava, fins i tot després d'un matrimoni acabat. I també em semblava una mostra de respecte per la felicitat passada, el fet de provar de ser feliços després. O, almenys, no deixar-se entristir per les contrarietats del destí.

Vaig dir al pare que havia d'acceptar la invitació i hi vaig insistir molt, perquè volia que comprengués que a mi, que era la seva única filla, no em disgustava la idea que pogués trobar una nova companya per compartir la casa i les confidències del món dels adults (aquelles que encara m'estaven necessàriament vetades), però que a ell, en general, l'animaven a moure's i reaccionar. Encara que això impliqués anar a visitar un conegut estrafolari que vivia al camp, o assistir a la festa del segon matrimoni d'un membre de la bona societat londinenca.

—I si l'anunci fos molt més literal que no ens imaginem? —va dir en aquell moment en Lupin, arrencant-me dels meus pensaments—. Si de debò ens enfrontem a una societat oculta que ha organitzat una reunió secreta, amb ball inclòs, aquesta mitjanit..., on podria tenir lloc aquesta reunió?

—En una galeria subterrània? —va suggerir en Sherlock, que, evidentment, no estava preparat per respondre aquella pregunta.

—No. Més literal, encara —va remugar l'Arseni—. Ha escrit «al palau de cristall». I nosaltres hem pensat de seguida en el conte de la Ventafocs..., un ball amb el príncep del regne, en una sala amb uns grans llums de sostre, l'orquestra que toca i... enteneu què vull dir?

Vaig assentir.

—Continua.

—Però es podria tractar, senzillament, d'un palau de cristall real.

El vaig mirar estupefacta.

—El Crystal Palace! —va exclamar en Sherlock Holmes—. El que van construir a Hyde Park per a l'Exposició Universal!

—Justa la fusta! —va assentir l'Arseni, tot satisfet—. Després de l'Exposició, el van traslladar al sud de la ciutat i durant la nit és buit, abandonat, al bell mig d'un parc.

—No es podria trobar un lloc millor per fer-hi un misteriós ball de màscares, oi?

Capítol 17

EL PALAU DE CRISTALL

El primer de donar-li, irònicament, el nom de Crystal Palace va ser l'humorista Douglas Jerrold, des de la revista satírica *Punch*, per burlar-se de la idea de construir un edifici de vidre per albergar la Gran Exposició del 1851. El nom va quedar i la burla va caure en l'oblit, perquè aquest palau, dissenyat i construït en un temps rècord per l'arquitecte

Joseph Paxton, era una meravella de la tècnica: una immensa estructura de ferro i vidre, que ocupava gairebé tota la llargada de Hyde Park, una mica més enllà de la Serpentina, el llac corbat al llarg del qual es podien fer les passejades més boniques. Tenia tres pisos d'alçària i, fos quina fos la utilitat que li volguessin donar, es podia allargar en totes dues direccions, de manera que cada expositor, segons les seves necessitats, podia disposar d'un espai de llargada i alçària variables per a la seva exposició. Un sistema de draperies permetia enfosquir-ne els vidres i un enginyós sistema de tubs de ventilació, inserit al terra desmuntable dels tres pisos del palau, el podia escalfar o refredar, com un hivernacle o un jardí hivernal.

El Palau de Cristall va estar instal·lat a Hyde Park durant els sis mesos que va durar l'Exposició i després el van desmuntar i muntar de nou, en una versió encara més grandiosa, al sud del Tàmesi, a Sydenham Hill, una zona que en aquella època era un suburbi rural ric.

Si l'Arseni l'havia encertat, l'anunci ens invitava a esmunyir-nos, aquell mateix vespre, entremig de les esplèndides mansions rurals de ciutadans importants, fins a arribar a la gran construcció de vidre i ferro que es trobava al parc del barri.

Hi havia una cosa que em neguitejava: la invitació no esmentava cap hora concreta. I, mentre m'imaginava la trobada d'aquell vespre, vaig recordar de seguida l'ombra del nostre adversari perfilant-se a la teulada del mercat del peix a Billingsgate, i vaig sentir a la pell la seva mirada diabòlica. A més, sabent que aquell edifici era a tocar d'un gran parc d'arbres centenaris, em va tornar al pensament el malson que havia tingut feia unes quantes nits, i tots els meus temors sobrenaturals.

Aquell vespre, a més, havia d'acompanyar el pare a la festa del segon matrimoni del seu amic, i em sabia greu faltar-hi després d'haver insistit tant perquè hi assistís ell. En vaig parlar amb el senyor Nelson, ometent uns quants detallets del meu programa alternatiu, i vam estudiar junts els horaris de les dues invitacions i la distància amb carruatge que els separava. Els separava un trajecte de vint minuts, deu amb els cavalls a galop tirat, i un parell d'hores de diferència.

M'ho vaig rumiar tota la tarda, perquè volia prendre la decisió més correcta. Al final, quan ja començava a fer-se fosc i vaig sentir que el pare entrava al lavabo per canviar-se, amb el cor encongit, m'hi vaig decidir.

Vaig esmunyir-me al rebost, vaig agafar el pot de la mostassa en pols, en vaig agafar un pessic i el vaig ensumar amb força. I em vaig posar a tossir i esternudar, fingint un refredat fulminant.

En veure'm amb el nas vermell i els ulls brillants, el pare va ser el primer d'aconsellar-me que em quedés a casa.

I ho vaig fer, almenys fins al moment que, vestida amb la roba de caçadora que m'havien entregat feia poc, vaig sortir de puntetes per la porta del jardí i vaig pujar a un carruatge que em portaria al palau de cristall.

El parc de Sydenham Hill no era tan gran com Hyde Park, el rectangle de bosc situat al cor de Londres, però aquell vespre, mirant més enllà de les reixes negres i punxegudes que el protegien, em va semblar immens i misteriós, amb els seus arbres imponents i foscos.

Els parcs urbans no m'agradaven especialment: em semblaven una mica falsos, limitats per les seves reixes, i no entenia l'afició dels meus conciutadans d'anar-hi a passejar habitualment. Però els londinencs sentien un amor molt especial pels seus parcs i donaven noms i sobrenoms a les avingudes i als racons més característics, com ara l'Speaker's Corner, a Hyde Park, en què, des d'aquell any, es permetia per llei que qualsevol hi pogués parlar lliurement i també criticar el govern, o el Passeig Podrit, on es permetia a tothom fumar.

Els londinencs passejaven pels parcs gaudint del gust pintoresc d'aquell paisatge dissenyat per semblar salvatge, ondulat, exòtic. A més, als parcs, fora de casa, els costums socials vigents s'atenuaven: comerciants, advocats, sacerdots i estudiants, senyores i noies podien tractar-se i observar-se tot passejant, com si totes les coses que succeïen al parc només pertanyessin al parc, i no a la vida ciutadana. Hi havia homes cultes que triaven per viure una casa que tingués almenys una finestra que donés al parc, i pensadors que necessitaven fer una passejada al dia al voltant de la Serpentina per escriure les seves obres. Als parcs, sovint hi havia concerts, exposicions i competicions esportives.

I quan, a poc a poc, es buidaven, al capvespre, i en tancaven les reixes, els parcs es convertien en uns indrets tètrics i misteriosos, poblats d'històries sinistres, de fantasmes i papus per a la canalla. Llavors hi deambulaven delinqüents i rodamons, uns homes (sempre eren homes) que havien fet de la desobediència a la societat la seva medalla al valor personal. Unes vegades, s'hi quedava atrapat un carruatge solitari i un cavall renillava en la nit, abandonat entre els arbres que degotaven. Unes altres, els miasmes de la ciutat serpentejaven entre els arbustos, com colles d'empestats, i semblava que, d'un moment a l'altre, un exèrcit d'ombres saltaria les reixes per envair els carrers de la ciutat.

El meu amor per la soledat m'impulsava a sentir simpatia per totes aquelles manifestacions d'humanitat que trobaven aixopluc als parcs, i m'estimava més aquell ambient salvatge que els salons guarnits per a una festa. Però aquella nit, amb el cap ple de pensaments i pressentiments foscos, les reixes negres tancades amb cadenes i el perfil dels arbres reclosos a l'interior em van fer lamentar no haver acompanyat el pare a la mansió de Lord Featherstone, i quan vaig veure la silueta esquelètica del palau de cristall, que es retallava contra el cel gris, vaig sentir una fiblada d'angoixa que em va tancar la boca de l'estómac. Era un edifici colossal, que s'imposava a la taca fosca i vibrant del parc amb la seva estructura regular: gairebé una milla de pilastres de ferro i de grans vidrieres fosques.

Però no totes.

A l'interior, per la banda del reixat per on ens acostàvem, hi resplendia la llum incerta d'unes espelmes enormes.

—És allà —va tenir el valor d'afirmar en Holmes, quan les va veure. No sabia si havia portat la pistola d'en Mycroft, el seu germà, però per una vegada vaig desitjar que sí. En Lupin, frec a frec amb ell, portava el punyal amb l'empunyadura gravada i el va utilitzar, com si fos una clau, per obrir el cadenat que tancava la reixa que protegia el parc.

—Ja hem arribat a la festa... —va xiuxiuejar mentre

obria una mica la porta, tot just per poder-nos esmunyir a dins.

I jo, abans de desaparèixer sota les fosques branques del parc, vaig mirar enrere per assegurar-me que veia en la llunyania, sota la silueta d'una mansió gòtica engolida per la nit, el centelleig d'un carruatge.

Una mica més animada, vaig seguir els meus dos amics cap a aquella cita tan misteriosa.

Encara no ho podíem saber, però després d'aquella nit, tot va canviar entre nosaltres.

Capítol 18

UN ARTISTA EN ESCENA

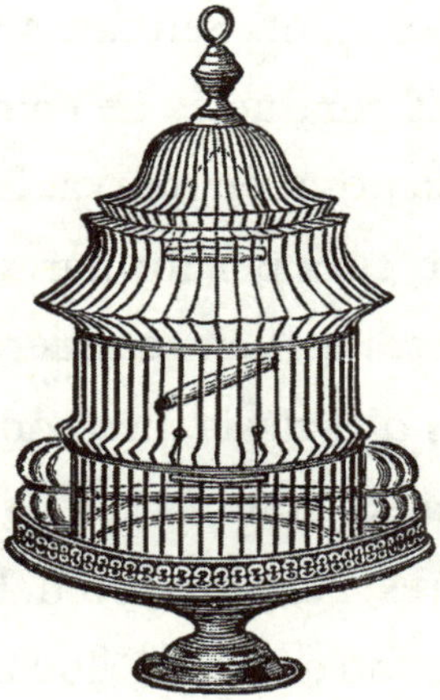

Les espelmes tremolaven com ànimes, dins del palau de cristall. La nit era jove, grisa i espectral, coberta de núvols. Quan vam arribar a l'entrada, va començar a ploure. Unes gotes lleus picaven contra els vidres de la gran rosassa, com eixams d'insectes.

Cautelosament, vam entrar en un immens saló desert,

una veranda de ferro que s'estenia fins on arribava la vista, buida, desolada, ressonant. Sentia els nostres passos, la pluja, el brunzit dels conductes de l'aire amagats sota el terra, que algú havia posat en marxa. Les espelmes estaven disposades amb cura per formar, davant nostre, un amfiteatre de flametes que ens enlluernava. Eren altes i blanques, com ciris d'església, i es consumien produint una fumarola negra constant.

A part de nosaltres, i la pluja, no hi havia ningú. Però no en teníem cap dubte: érem al lloc adequat. Vam observar aquell entorn, sempre ben junts. En un extrem del palau de cristall hi havia un arbre tan alt que les branques fregaven el capdamunt de l'estructura, com estendards d'un vaixell fantasma. A l'extrem oposat, repenjada a terra però suspesa del sostre amb cordes, hi havia una gran estructura acampanada coberta amb una tela negra: semblava una gàbia per a ocells.

—Benvinguts, estimats orfenets... —va dir llavors una veu que va ressonar, sinistra i metàl·lica, al palau buit.

Vam mirar al voltant, provant d'esbrinar d'on provenia, però la desolació d'aquell lloc, el brunzit dels conductes d'aire i la pluja, cada vegada més forta, ens confonien. Les espelmes dibuixaven ombres incertes contra el perfil de ferro de les vidrieres.

—On ets? —va preguntar en Lupin, fent una tombarella sobre si mateix—. Dóna la cara!

—Déu n'hi do, quines presses, criatures, quines presses! —va respondre amb veu burleta el nostre enemic invisible—. Si tot just acabem d'arribar... No hem tingut temps de fer les presentacions! Aviam... Jo ja sé qui sóc jo, però qui sou vosaltres... No m'ho puc imaginar.

La instal·lació de l'aire va començar a bombar més de pressa, i la flama de les espelmes es va allargar de sobte.

—Em dic Arseni Lupin, delinqüent d'estar per casa! Vinga, que ja hem descobert el teu joc estúpid! —va bramar l'Arseni des del centre de la nau—. Dóna la cara!

—*A was an Archer, who shot at a frog...* —va cantussejar la veu—. *B was a Butcher, and had a great dog...*

D'on provenia? De la teulada? De l'arbre empresonat, o d'aquella gàbia coberta amb una tela negra?

—Ja ens la sabem, la cançó! —va cridar l'Arseni, que era l'únic del trio que parlava. I després va replicar, modificant els rodolins successius—: *C was a Coward who hides in the Dark... / D was Dead, but was Dead from the neck up.* C era un covard, que s'amagava en la foscor... / D era mort, però mort del coll en amunt (és a dir: un estúpid).

—Molt divertit! Bravo, Arseni Lupin! —el va escarnir la veu, i després va engegar una rialla que va ressonar pertot—. Qui m'ho havia de dir que eres un nen poeta? I el teu amic llargarut, què? I la nena maca? Com és que no diuen ni paraula?

—Per què no surts de l'amagatall i els ho preguntes cara a cara?

Per tota resposta, la veu va continuar recitant l'Alfabet del Polzet.

—Em sembla que no hi ha res a fer! —va exclamar l'Arseni.

Jo, en canvi, vaig estirar en Sherlock: tenia molt clar que la veu provenia de l'interior de la gran gàbia coberta amb la tela negra. Ens hi vam acostar amb mil i una precaucions, sense deixar d'escrutar les ombres que ens envoltaven. Però no hi havia ningú més. Solament aquella veu, que ressonava cada vegada més a la vora però que tenia un so metàl·lic i estranyament esmorteït.

—*J was a Joiner, and built up a house... K was King William, once governed this land...*

La seva entonació era mel·líflua i terrible alhora, semblava estudiada a posta per fer-te posar la pell de gallina.

—*M was a Miser, and hoarded up gold...*

Vam fer tota la volta a aquella estranya estructura que havien col·locat allà al mig. Devia tenir uns tres metres d'alçària i gairebé el mateix d'amplada, i la tela que la tapava no deixava entreveure res de l'interior. Estava clavada a terra amb una sèrie de ganxets minúsculs i, a cadascun, li corresponia un cordill. Tots els cordills s'aplegaven a la part de dalt de la campana, on estaven lligats a una corda més gruixuda que passava per una corriola penjada a l'arquitrau i, des d'allà, tornava a baixar cap a terra, on estava subjectada a una biga de ferro que hi havia a poques passes de la campana.

—*Q was a Queen, who wore a silk slip...*

Els meus amics i jo ens vam mirar per decidir què havíem de fer. Era evident que el nostre home es trobava sota aquella tela negra, i que només calia estirar la corda per fer caure l'embolcall. Però també era evident que era justament el que ell esperava que faríem. Era la seva enèsima posada en escena.

Novament estàvem jugant el seu joc, però no teníem ni la més remota idea de com l'havíem de continuar.

En Sherlock mirava cap al pis de dalt del palau de cristall, on moltes més espelmes oscil·laven entre les ombres. Jo, en canvi, mirava l'arbre empresonat, molt lluny de nosaltres.

—*U was a Unsurer, a miserable elf...*

L'Arseni es va acostar a la gàbia, va tocar la tela amb la punta del ganivet i, en fer-ho, la va fer tremolar lleument.

—*W was a Watchman, and guarded the door...* —cantussejava el nostre adversari, protegit per aquell teló a poques passes de nosaltres.

Els conductes de l'aire van tornar a rugir i en Sherlock, exasperat, va cridar:

—Càsum déna! Farem el que vols!

I va donar una estrebada a la corda.

La tela negra va relliscar com un xal de seda al llarg de l'estructura que amagava. Era una gàbia enorme i, a l'interior, hi havia tres maniquins. Un tenia el nas aquilí, l'altre duia uns mocassins ridículs i el tercer tenia pigues i duia un barret de caçador posat al revés.

«Som nosaltres», vaig pensar, horroritzada, així que els vaig veure.

—*Y was a Youth, who did not love school...* —va dir la veu del nostre adversari—. *Z was a Zany, a poor harmless fool.*

I llavors es va interrompre.

L'Arseni va cridar:

—Compte!

En Sherlock se'm va tirar al damunt i em va fer caure rodolant per terra. Llavors, de la gàbia, en van brollar les espurnes d'uns focs artificials, que es van encendre i van esclatar al voltant nostre. Una gran traca ens va martellejar les orelles mentre s'encenien més petards, formant tot de desmais, sota la volta del palau de vidre. L'aire va quedar saturat de l'olor acre de la pólvora i, al cap de pocs segons, tan sobtadament com havia començat, aquella dansa de foc es va acabar.

Em vaig trobar mirant en Sherlock als ulls, sentint el seu alè càlid al rostre.

—Estàs bé? —em va xiuxiuejar.

Jo li vaig respondre que sí, desfent l'abraçada. L'Arseni, que era a l'altre costat de la nau, s'aixecava de terra al mateix temps que nosaltres.

—Em sap greu si us he espantat! —va reprendre la conversa la veu—. Només us volia fer una festa de benvinguda!

En Holmes, amb cautela, es va acostar a la gàbia, on els maniquins que ens representaven van reaparèixer entre espirals de fum, sinistrament socarrimats.

—Mi-te'l! —va exclamar al cap d'un instant, assenyalant un objecte que hi havia al fons de la gàbia.

M'hi vaig acostar i vaig veure un tub metàl·lic que, des d'allà, pujava fins al pis de dalt i sobresortia del fons de la gàbia, entre els peus dels maniquins. La veu del nostre adversari procedia d'allà.

En Sherlock s'hi volia acostar més per observar-lo més bé, però, en aquell moment, en Lupin va fer un crit, assenyalant una cosa que teníem al damunt del cap.

—Allà dalt!

Alçant la mirada cap a la galeria del primer pis, tots tres vam veure clarament la silueta d'un home, al pis superior. I tots alhora vam arrencar a córrer cap a les escales, per provar d'atrapar-lo.

L'aire es va aturar de cop. L'home que hi havia al fons de la galeria, il·luminat per la resplendor de les espelmes, ens observava. Amb prou feines li vèiem el rostre perquè, tal com era previsible, l'ocultava amb un barret calat fins als ulls.

—Per fi ens trobem cara a cara! —va exclamar des del fons.

—Val més que siguem prudents... —va murmurar en Sherlock.

Ens vam col·locar a tres passes de distància l'un dels altres, ocupant tota l'amplada d'aquella galeria elevada que donava al gran espai obert on ens trobàvem poc abans.

—Permeteu-me que em presenti, nanos... i que us feliciti.

—Per què ens vols felicitar? —va grunyir l'Arseni, que

era al meu costat, amb el ganivet a la mà. A l'altre costat, en Sherlock empunyava la pistola d'en Mycroft, mentre jo, enmig de tots dos i tres passes enrere, brandava ridículament el mànec del meu gran paraigua.

Com més ens hi acostàvem, més bé li veia la fesomia, fins que em vaig adonar que era una persona jove. Un noi com nosaltres.

—Em dic Moriarty —va dir el nostre adversari—. I ara, benvolgut Arseni Lupin, em vols presentar els teus amics?

—Moriarty? —va repetir en Sherlock Holmes.

El vaig mirar ràpidament i em vaig adonar que havia canviat d'expressió. El coneixia?, em vaig demanar. I com era que a mi també em resultava familiar, aquell nom?

Ja érem a unes vint passes d'ell. I em vaig adonar que ens mirava d'una manera molt estranya.

—Quina mena de broma és aquesta? —va murmurar en Holmes, aturant-se en sec. Va indicar la figura que teníem al davant i va afegir—: És un mirall!

Tenia raó. La figura de davant era una imatge visible als nostres ulls gràcies a la superfície inclinada d'un mirall. I quan va desaparèixer, vam descobrir que ara el nostre adversari era a la planta baixa, on havíem estat nosaltres fins feia un moment.

Caminava lentament, per sota nostre. Era un noi alt, encara més que en Sherlock, àgil i enèrgic. Ens va saludar, burleta, amb una mà enguantada, mentre caminava en direcció al gran arbre del fons de la nau.

—Mirall, mirallet del meu delit... digues qui és, del regne, el més eixerit?

Aquesta vegada, li va respondre en Sherlock, abocant-se a la balustrada de ferro del pis superior:

—Quanta estona penses fer durar aquest joc, Moriarty?

—Joc, joguet... De debò que us pensàveu que seria tan fàcil com això atrapar-me? —va respondre ell.

«On deu anar?», em vaig demanar.

—Sherlock! —vaig exclamar, assenyalant el terra del palau de cristall.

Des de dalt, en la posició en què ens trobàvem, podíem veure que hi havia traçades unes ratlles que semblaven fetes amb guix: una sèrie de circumferències concèntriques, al centre de les quals hi havia una rodona. Semblava una diana enorme.

—Què vols de nosaltres? —li va preguntar l'Arseni.

—Jo? —va respondre en Moriarty—. Res. Divertir-me una mica. Ja us he felicitat. M'heu seguit molt bé el joc...

—En dius joc, dels delictes que has comès? —li vaig demanar.

Es va posar a riure.

—Delictes? Però si només eren unes simples brometes! Au, va, amics meus, de debò que no voleu concedir a un noi avorrit la possibilitat de distreure's d'aquesta vida tan monòtona?

—Per què parles de «traïció»? —li va demanar en Sherlock—. A qui has traït?

—Jo? No he traït ningú. En tot cas, sou vosaltres els qui us heu traït a vosaltres mateixos.

Ja estava arribant al cercle més interior de la diana i, quan hi va ser, es va aturar per contemplar-nos. Gairebé vaig tenir una desil·lusió en comprovar que no reconeixia en la seva cara el noi que havia vist al malson de feia unes quantes nits.

En Sherlock va alçar la pistola del seu germà i la va apuntar davant seu.

—QUIET! —va cridar.

—I si no, què faràs? —va respondre en Moriarty—. Disparar?

Havent dit això va saltar al centre de la diana i, en el moment que ho va fer, vam sentir un estrèpit amenaçador damunt dels nostres caps. Vaig tenir el temps just de mirar enlaire i veure una xarxa d'esquerdes que s'estenia per damunt de la teulada de vidre com una teranyina tallant i llavors vaig cridar:

—QUE ES TRENCA!

Vaig saltar fora de la galeria, i en Sherlock i l'Arseni em van imitar. Ens vam quedar penjats, amb els peus al buit, mentre una pluja de vidres s'estavellava al lloc on érem nosaltres un instant abans.

L'Arseni va ser el primer de recuperar-se i saltar cap avall. Així que va aterrar al paviment, va arrencar a córrer darrere d'en Moriarty, que fugia en direcció al gran arbre del fons.

En Sherlock s'havia fet un tall a la mà i havia perdut la pistola. Però va seguir l'Arseni a tota velocitat.

Vaig ser l'última de deixar-me caure a terra i em vaig

quedar mirant-los, horroritzada, mentre tots tres arribaven a l'arbre del fons del palau de cristall i començaven a enfilar-s'hi.

I jo, que no em veia amb cor de seguir-los, panteixava. Igual que al somni.

Capítol 19

LA GEOMETRIA DE LA VENJANÇA

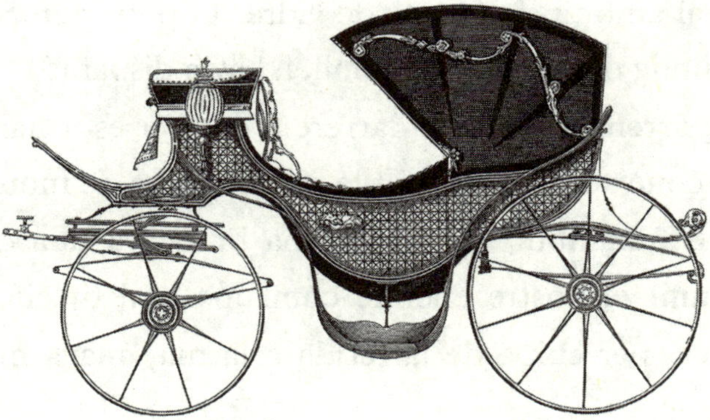

La pluja entrava xiulant pel forat del sostre de vidre que s'havia esfondrat i el vent que l'acompanyava anava apagant, d'una en una, les espelmes que hi havia més a la vora. En Moriarty s'enfilava per les branques de l'arbre com si hagués estudiat moltes vegades aquell camí de sortida, n'estava ben segura. Però no pujava amb la mateixa agilitat que al mercat del peix o, si més no, m'ho va semblar. Potser li havia fallat algun detall del pla? Potser ell també havia pres mal amb un fragment de vidre? O potser en Sherlock, enmig d'aquell terrabastall, li havia disparat?

Vaig arrencar a córrer darrere d'ells per esbrinar-ho. Vaig reconèixer l'Arseni per la seva manera de moure's, com un funàmbul, passant d'una branca a una altra, perseguint el nostre enemic com una maledicció. En Sherlock, per culpa de la ferida a la mà, anava més a poc a poc.

De sobte, es va trencar una branca i vaig veure que un dels tres es quedava penjat durant un instant.

Va fer un crit. Era en Moriarty.

Va provar d'aferrar-se a una altra branca, però l'Arseni va ser més ràpid que ell. Se li va abraonar, el va empènyer i el va immobilitzar prement-li l'esquena contra el tronc.

—D'acord! D'acord! M'heu enxampat! Ja n'hi ha prou, no?! —cridava en Moriarty, forcejant sense gaire convicció.

Vaig arribar al peu de l'arbre, panteixant, i llavors

vaig veure que havien tallat uns esglaons al tronc perquè fos més fàcil enfilar-s'hi.

—Nois! —els vaig cridar.

Només veia les ombres de les branques, negres, que es perfilaven contra el cel gris a través dels vidres.

Vaig veure en Sherlock, que pujava per les branques, i vaig sentir que esbufegava:

—T'hem enxampat, desgraciat!

—Sí que m'heu enxampat, sí —va respondre l'altre—. Ves per on! Costa de creure, eh?!

—Hem estat més espavilats que tu, oi? —va grunyir el meu amic, donant una estrebada al seu adversari.

—Sí, sí! Heu estat més espavilats, ho reconec!

Vaig repenjar una mà al tronc de l'arbre, vaig fer un gest per pujar-hi. Però em vaig aturar en sec.

«Hi ha alguna cosa que no em quadra», vaig pensar. Després de l'esfondrament del sostre tot havia estat molt fàcil. Massa fàcil. Quin motiu havia empès en Moriarty a triar aquell arbre com a via de sortida en lloc de, per exemple, sortir del pavelló i desaparèixer sense deixar rastre?

—Ja m'ho va dir que éreu molt espavilats... —va dir—. Per això em va pagar tan bé.

—Què t'empatolles, tu, ara?! —va udolar l'Arseni—. Qui t'ha pagat?

—Home! El vostre amic! —li va respondre, tot rialler—. El que us ha organitzat la festa sorpresa!

«Un ball de màscares», vaig pensar. «Vet aquí la mascarada...».

—Parla! —va exclamar llavors en Sherlock—. Tu no ets en Moriarty, oi?

—Com que no és en Moriarty? —va demanar l'Arseni, que encara tremolava per la persecució.

—És clar que no! —va respondre el noi que havíem capturat. Va riure, va tossir, va forcejar i després va afegir—: Em dic Richard Coxton, i sóc un actor.

«Un actor, és clar...», vaig pensar.

Em vaig apartar lentament del tronc de l'arbre. Un actor, un actor, un actor...

—El vostre amic, el tal... Moriarty, em va contractar... —va continuar dient l'actor—, i em va pagar millor que qualsevol companyia teatral amb qui hagi treballat mai... I ha estat magnífic! Teatre de debò! I això dels vidres... Déu n'hi do! No heu pres mal, oi? Em va assegurar que no us passaria res de dolent... També sou actors, vosaltres?

L'Arseni, que era dalt de la capçada de l'arbre, es va quedar sense paraules. Però en Sherlock, en un equilibri precari per sota d'ell, estava enfurismat.

—Ens ha pres el pèl! —va exclamar.

«Un actor», vaig pensar. «Un ball de màscares, a mitjanit».

N was a Nobleman...

—Ah, encara falta l'últim detall... —va dir panteixant en Richard Coxton—. Una cosa que em va encarregar que us entregués quan em capturéssiu. Un momentet, sisplau... si fossis tan amable de treure'm les mans del damunt...

—No facis cap broma! —va grunyir l'Arseni, confós.

—No faré cap broma —va respondre l'actor—. Agafa-ho tu mateix, si vols: és a la butxaca interior de la meva jaqueta.

En Lupin va mirar en Sherlock. I en Sherlock va pujar fins a l'última branca per ficar la mà al lloc que li havia indicat l'actor.

En va treure un llibret.

—*Geometria plana per a diletants*... —va llegir, lentament.

—Què significa això? —va murmurar l'Arseni.

—Em va demanar que us digués que ho entendríeu... potser una mica massa tard —va dir l'actor—, però que ho entendríeu.

Jo sí que ho havia entès.

N'havia tingut prou de recordar l'hexagram que havia traçat en Sherlock al mapa de Londres i el número dos de Radnor Street, una adreça que havia sentit esmentar molt sovint durant els últims dies.

Ho tenia tot clar. Dolorosament clar.

I vaig sortir corrent del pavelló de vidre del palau de cristall a la recerca desesperada d'un carruatge.

Va ser més fàcil que no em pensava. A la part de fora de la reixa per on havíem entrat, dret al costat d'un gran vehicle negre, ens hi esperava el senyor Nelson.

Capítol 20

LA INVITADA INESPERADA

Que ximplets i vanitosos que havíem estat! Ens havíem engrescat amb la idea d'haver comprès la lògica oculta de la invitació del senyor Osaert, i que ens havíem convertit en l'objecte del joc d'en Moriarty. I per això havíem negligit l'objectiu principal d'aquell joc, malgrat que l'havíem descobert: la venjança. La traïció. La lletra que faltava: la N.

És a dir, el noble de l'Alfabet del Polzet. La persona a qui, probablement, en Moriarty estava a punt de dedicar les seves atencions, després d'haver-nos ensarronat vilment a tots tres.

Per això, mentre el carruatge corria pels deserts carrers principals de la ciutat, jo, a l'interior, em canviava de roba frenèticament. Una primera etapa fulminant a casa meva havia servit (a més de donar un ensurt de mort a la pobra senyoreta Fowler) per recollir un vestit de nit i tot el que em faria falta en una vetllada de gala.

El carruatge gemegava i sotraguejava, i jo em retorçava per entrar al meu vestit de nit nou, llarg i lluent, que m'havia avingut a comprar per animar el pare a assistir a aquella festa.

I mentre jo em retorçava, en Sherlock i l'Arseni, que també viatjaven amb mi al carruatge, traçaven unes bisectrius que ja no servien de res. Bisectrius: línies rectes que tallaven els angles interns de l'hexagram i es trobaven fatalment en un sol punt, el centre de tot.

El número dos de Radnor Street.

La mà d'en Sherlock sagnava a raig fet i se l'havia

embolicat amb la meva brusa de caçadora, oportunament esquinçada. I es maleïa per haver estat tan poc perspicaç.

El senyor Nelson, davant meu, feia tots els possibles per ajudar-me en els meus esforços per transformar-me en una senyoreta elegant. I mentrestant, literalment, volàvem per damunt del paviment dels carrers en direcció al punt on es trobaven les bisectrius d'en Moriarty.

Era una mansió elegant, de nova construcció, encarregada per un home tan ric com excèntric, en una zona no excessivament prestigiosa de la ciutat però que tenia el valor afegit d'estar envoltada de verdor. Un extens jardí rodejava l'edifici, que aquell vespre estava tan il·luminat que semblava que fos de dia perquè a l'interior s'hi celebrava una festa particular.

La N del pla d'en Moriarty ens portava justament allà: a la festa de Lord Featherstone, el noble de la cançó. L'autèntic objectiu d'aquella ment criminal, mentre que la posada en escena del Crystal Palace només havia estat una mascarada per desviar la nostra atenció.

En Lupin es va passar tot el viatge renegant.

—Un actor! —repetia—. Hem capturat un refumut actor!

Li costava de pair que s'havia jugat la vida perseguint un titella. I encara més que l'haguessin tornat a derrotar, igual que en Holmes.

Segons la nostra hipòtesi, en Moriarty no havia tingut en compte el potencial del tercer element del trio, és a dir: jo. I potser encara érem a temps de destarotar el que planejava fer, fos el que fos, durant la festa de Lord Featherstone. No ens importava gaire esbrinar per què era la víctima designada. No teníem temps. Però teníem el que ens feia falta: la meva intuïció, que confirmava la predicció exacta de la geometria plana.

El carruatge corria, els llaços del meu vestit s'estrenyien, d'un en un, i els meus peus es ficaven dins de les sabatones de ball. Si no hagués estat per aquella ombra benigna i protectora anomenada Horaci Nelson, que m'havia seguit d'amagat fins a Sydenham Park, potser no hauríem tingut una segona oportunitat.

Però ara ens havíem aferrat a un fil que tallava la nit londinenca com una línia geomètrica.

Dues arracades precioses van aparèixer a les mans enguantades de blanc del senyor Nelson: me les va entregar just quan el vehicle s'aturava, grinyolant, davant de la reixa de la mansió de Lord Featherstone, ben il·luminada per les espelmes d'una dotzena de fanals.

La pluja picava amb força contra el sostre del carruatge i els copaltes negres dels uixers.

Em vaig posar les arracades.

I vaig sentir un silenci al meu voltant.

—Estàs esplèndida —va dir una veu.

Era la d'en Sherlock Holmes.

Es va inclinar per fer-me un petó d'ànims, però no em va posar els llavis a la galta. Me'ls va posar als llavis sorpresos, confosos, gens preparats per a això. Davant del senyor Nelson. Davant de l'Arseni. Així em va fer aquell petó. En un instant, al final d'un trajecte angoixant amb carruatge per provar de destarotar un delicte que l'únic que en sabíem era que es cometria aquell vespre. Com a molt tard, a la mitjanit. El gran rellotge de Londres va tocar, com si el petó d'en Sherlock Holmes hagués durat tota la nit i no, com havia estat en realitat, una fracció de segon. I havia estat tan lleu, tan breu, que em va semblar que l'havia somiat.

Vaig baixar del vehicle i vaig travessar el carrer, mentre un dels uixers s'afanyava a cobrir-me el cap amb un gran paraigua negre.

—Sóc la senyoreta Adler —em vaig presentar. Però vaig estar a punt de dir «senyora Carey».

Era a la llista d'invitats, naturalment, junt amb el meu pare. I hi vaig entrar sense problemes.

Mitja hora abans de la mitjanit...

«Encara no te n'has sortit, Moriarty, siguis qui siguis», pensava mentre pujava els esglaons de l'escalinata de l'entrada de la mansió Featherstone. «Encara no te n'has sortit...».

Capítol 21

UNA FESTA DE NOCES

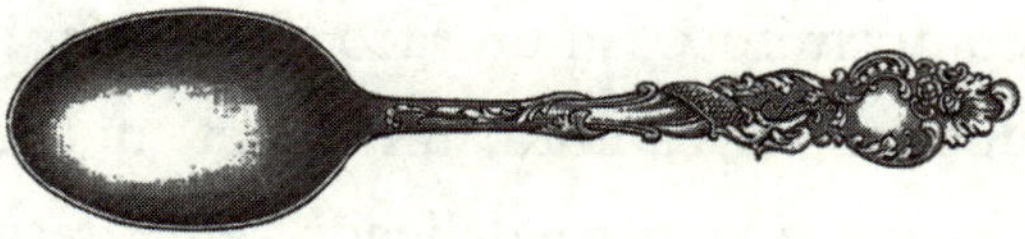

La festa estava en ple apogeu. Un centenar de persones girava al voltant d'un gran saló central, que havien buidat de mobiliari per a aquella ocasió. Dotzenes de butaquetes daurades folrades amb una tela blava estaven repenjades a les parets, cobertes amb una encantadora tapisseria blanca i blau cel. El saló tenia dues llars de foc, una de majestuosa, damunt de la qual destacava un gran mirall d'or que devia fer uns tres metres d'alçària, i una altra relativament més modesta, però que, tota sola, hauria ocupat tota una paret del meu dormitori. En un racó del saló hi havia una petita orquestra de cambra, un sextet, que en aquell moment tocava una peça delicada, amb ressonàncies centreeuropees. A l'extrem oposat, hi havia una taula parada amb tota mena de requisits. Al sostre, hi havia uns arabescos d'hexàgons daurats que em van fer venir esgarrifances per la macabra coincidència amb la figura de l'hexagram. Al centre del saló, hi penjava un espectacular llum de sostre de cristall, guarnit per a aquella ocasió amb uns petits vels daurats, que resplendien amb cada oscil·lació de la llum.

No sabia què buscar, ni a qui, quan vaig travessar el llindar. Encara em voltava pel cap el record dels últims esdeveniments i una part de mi s'imaginava que en Sherlock i l'Arseni s'esforçaven per explicar als uixers que era molt important que també els deixessin entrar a ells, perquè volien impedir que es cometés un delicte, o que el senyor Nelson, molt més pràctic, hagués donat l'ordre al cotxer que es dirigís al galop a Scotland Yard, per denunciar el que nosaltres crèiem que tindria lloc en aquella mansió.

Però, en el fons, sabia que aquella vegada m'hauria d'espavilar tota sola. Que jo era allà dins, i ells no. Que era jo la que havia d'impedir que en Moriarty portés a terme el seu pla i que l'última lletra que componia la seva venjança es quedés sobre el paper del seu diabòlic projecte.

Primer de tot, havia de parlar amb Lord Featherstone: el necessitava.

I vaig entrar. I tan bon punt vaig posar els peus al saló de ball, va succeir una cosa vertiginosa: totes les mirades dels invitats, com atretes per un reclam invisible, es van girar cap a mi. Les vaig sentir al damunt, com una cosa tangible. Vaig avançar un altre pas, i un altre. Ara sentia un murmuri, com el brogit d'un rierol, mil paraules que em ressonaven a l'orella:

—Qui és?

Em sentia bonica, i estranyament còmoda; per això

vaig continuar avançant, molt segura, pel saló. Sabia de sobres què havia de fer.

—Papa! —vaig cridar.

I, com si atrapés una papallona, vaig agafar una copa de la safata que duia un dels cambrers.

La suor del rostre d'en Leopold Adler demostrava que no s'ho passava gaire bé. Però era a la festa, i s'hi havia quedat fins a aquella hora (quina hora era?, quant faltava per a la mitjanit?) potser esperant la meva arribada.

I, finalment, hi havia arribat, però amb un aspecte una mica diferent del dels últims dies. El vaig veure vacil·lar, sorprès i tranquil·litzat. Feliç.

—Irene... —va murmurar, com si fes molt de temps que no em veia. Com si, mentrestant, haguessin canviat totes les paraules del nostre diàleg quotidià. O, potser, només jo.

—Perdona'm, papa. M'he acovardit per uns esternuts sense importància... Ha estat una cosa passatgera i, a casa, em sentia com una beneita per haver renunciat a tot això —em vaig excusar, assenyalant el bellíssim saló on ens trobàvem.

—No hi fa res. El que compta és que hagis vingut —em va respondre—. Justament ara parlava de tu amb...

Em va presentar, i jo vaig saludar i somriure i inclinar el cap quan vaig considerar que ho havia de fer. I encara sentia aquelles mirades al meu voltant i aquells murmuris, com plomes que m'acariciaven el clatell. El pare em va agafar de bracet i em va estrènyer cap a ell, orgullós i animat. Ens vam repenjar l'un en l'altre, i vam travessar el saló.

—No t'atreveixis a beure-te'l! —em va dir, assenyalant la copa.

—Papa, que és xampany! —vaig replicar, com si ens trobéssim davant d'una fórmula secreta.

No em va fer cap pregunta. No em va fer cap elogi. Però l'expressió dels seus ulls i la dolcesa de la mà amb què em retenia al seu costat em deia que aquell canvi li agradava. I vaig sentir una gran tendresa.

—Papa... —li vaig dir—. Necessito parlar amb Lord Featherstone... Al més aviat possible.

—Que ha passat res? —em va demanar.

—No —li vaig respondre—. Però podria passar.

No hi vaig posar cap accent d'urgència a les meves paraules, però el pare em va indicar de seguida un senyor de bigotis llargs, que reia sorollosament al costat de la llar de foc petita. L'acompanyava una altra persona que, me'n vaig adonar de seguida, havia conegut un temps enrere.

Com blocs de gel enmig del corrent d'un riu, els meus pensaments es van posar en marxa, topant els uns amb els altres.

—Lord Featherstone... —va dir el pare—, li presento la Irene, la meva preciosa filleta.

—Quina meravella i quin honor! —va bramar el noble, vermell i en un equilibri precari, però se'n va sortir de fer-me un besamà perfecte i de felicitar el pare. Després, Lord Featherstone em va presentar l'home amb qui parlava—. Permeti'm que li presenti el meu millor amic... —va dir el noble—, en Charles Frederick Field, inspector en cap de Scotland Yard.

—Retirat, per això... —va rectificar l'home.

—I és una llàstima! No he conegut cap persona més tenaç que ell... Oi, Frederick? Si no hagués estat per tu, fa trenta anys, ara no seria aquí, celebrant aquest moment!

—Ximpleries...

—Molt de gust, senyor Field —el va saludar el pare, fent-li una encaixada—. I moltes gràcies per haver conservat sa i estalvi el nostre Lord Featherstone!

—Però si no vaig fer res d'especial... —va dir, traient-li importància—. Llavors era molt jove, un noiet...

—De trenta anys, deus voler dir! I ja eres un gran investigador! Quina llàstima que ara t'hagis posat a treballar pel teu compte!

«Si no hagués estat per ell... Fa trenta anys... Gran investigador...».

Els blocs de gel topaven entre si, i ara també giravoltaven, arrossegats per un remolí.

—Molt de gust, senyor Field —el vaig saludar.

Em va fer un besamà més contingut, però la seva escrutadora mirada d'investigador em va fer comprendre que m'havia reconegut.

—Senyoreta Adler... —va murmurar—, és un plaer conèixer-la.

El nostre intercanvi de mirades va provocar un autèntic corrent d'energia perquè, de cop i volta, tant el pare com Lord Featherstone es van trobar atrapats en aquell malestar tan típicament britànic que se sent quan el cor comença a bategar més de pressa, per qualsevol motiu. El meu, en aquest cas concret, bategava perquè acabava de trobar un aliat inesperat per a la meva missió.

—Daixò... —va fer Lord Featherstone—. Tal com li deia, benvolgut Leopold...

Vaig seguir de reüll el pare i Lord Featherstone, que s'allunyaven conversant i, quan vaig estar segura que no ens podien sentir, em vaig adreçar a l'inspector Field.

—Se'n recorda de mi, senyor Field?! —li vaig preguntar, anant directa al gra.

—Oi tant que me'n recordo! La Irene Adler. I també d'aquell parell d'eixelebrats: en Holmes i en Lupin... —va resumir, com si estigués llegint una fitxa invisible—. El cas de la Rosa Escarlata.

—Exacte! —li vaig respondre—. És una gran sort que vostè sigui aquí aquest vespre!

—Potser sí que és una sort, però no és una casualitat

—va puntualitzar en Field—. No hauria faltat a aquesta vetllada per res del món: hauria implicat renegar d'una llarga amistat i potser de tota la meva carrera.

—De debò?

—Hi ha coses que ens lliguen per sempre, senyoreta Adler. Aquesta feina és així. És una qüestió de passió, d'honor... una elecció de vida. Vaig provar d'explicar-ho al noi que em feia d'ajudant...

De cop i volta, tots els blocs que em voltaven pel cervell van encaixar entre si, formant una escena sobtadament clara i diàfana.

—Era el seu ajudant!

—Com diu, senyoreta Adler?

—El noi que va desxifrar els codis del cas de la Rosa Escarlata... es deia Moriarty! —vaig xiuxiuejar, perquè només em pogués sentir ell.

En Field va esbatanar els ulls.

—I com és que el coneix, vostè?

Ens vam allunyar una mica de la festa per poder-li explicar més clarament tot el que havíem fet fins a aquell moment.

—Que com és que el conec, senyor Field? Me'n va parlar vostè, al final de la nostra rocambolesca investigació... durant la qual es va fer força evident que aquell noi tenia una ment brillant. A més d'en Sherlock Holmes, només ell va ser capaç d'interpretar els enigmes del Frare Negre...

—Ho confirmo, senyoreta Adler. Era genial, però també un mentider descarat... —em va respondre l'investigador—. Em va explicar que era orfe i que no tenia ningú al món.

—I no era veritat? Digui-m'ho! —el vaig apressar.

—Fa un cert temps, mentre posava en ordre els avisos de persones desaparegudes, vaig trobar la denúncia de la desaparició d'un noi de Norfolk. Si no hagués estat per aquell cognom tan insòlit, Moriarty, no me n'hauria adonat. Però m'hi vaig fixar, i vaig escriure a la comissaria d'allà: me'n van enviar un parell d'informes i llavors vaig descobrir que el genial orfenet que em feia d'ajudant era, en realitat, el fill d'una bona família de terratinents rurals, que l'havien enviat a estudiar a Londres. Un autèntic rebel, pel que em van dir els seus pares, quan hi vaig poder parlar. Estaven atònits però també d'allò més contents perquè l'havia trobat... —em va explicar l'inspector Field—. Gairebé havien perdut l'esperança de trobar-lo amb vida.

—I què se'n va fer?

—El vaig despatxar així que vaig saber la veritat i el vaig confiar a uns col·legues de Scotland Yard perquè l'acompanyessin a Norfolk... però no s'ho va agafar gaire bé i es va escapar.

—Traïció... —vaig murmurar, al final.

—Com diu?

—Vostè és el traïdor, inspector. És vostè qui va trair en Moriarty, senyor Field.

—Jo? —va dir amb una rialleta—. En tot cas és en Moriarty qui va trair la meva confiança. ¿Com pots pensar que arribaràs a ser un bon policia, si comences la carrera matant, vull dir de paraula, és clar, tota la teva família?

Mentalment vaig veure la imatge de l'instant en què al jove Moriarty, que ja es pensava que s'havia desempallegat de la pressió de la família i dels estudis que havia de fer a la ciutat i també s'imaginava fent la feina més adequada per a la seva ment maquiavèl·lica, la d'investigador, el seu mestre li deia que s'havia acabat tot. Havien descobert la seva mentida. La família l'havia localitzat. I se li havien tancat les portes d'una carrera fulminant en una professió aventurera, que en aquella època començava a fer les primeres passes: la d'investigador privat.

—Escolti, inspector... —li vaig confiar, llavors—. En Moriarty és aquí. I busca venjança.

—Venjança?

—És molt perillós, cregui'm. I es vol venjar de vostè.

—Però què diu, ara, senyoreta?!

—Està furiós. Furiós perquè el va descobrir i el va despatxar, i perquè això l'obligava a tornar a la vida que feia abans de... d'inventar-se una identitat nova, al seu servei!

—Quines ximpleries, senyoreta Adler! —va replicar, bastant empipat.

—L'arquer de l'Hotel Bingley's! El mariner amb la caixa de monedes! —li vaig dir, ràpidament, i després vaig afegir tots els altres de la llista—. No li diuen res, aquests delictes?

—Què vol que em diguin? —em va respondre—. M'he retirat. I, en qualsevol cas, jo només m'ocupo d'homicidis, no de llauners que es desperten amb el cap ficat dins d'una olla.

—És que en Moriarty pensa acabar la seva xarada amb un homicidi! —li vaig dir, gairebé cridant—. L'homicidi del seu amic fratern! L'homicidi de Lord Featherstone!

—I quan tindrà lloc?

—Ara. Aquí. Aquesta nit —li vaig respondre. I després vaig mirar al meu voltant—. Només cal esbrinar com.

En aquell moment, algú del saló va començar a picar rítmicament una cullereta de postres en una copa de xampany per reclamar silenci.

—Senyores! Amics! —va cridar Lord Featherstone, obrint-se pas entre els invitats. Va allargar les mans per abraçar una senyora molt més jove que ell i que, sens dubte, devia ser la seva segona esposa.

Vaig buscar el pare amb la mirada i el vaig veure a l'altre costat del saló. Em va fer un gest i li vaig correspondre. Però cada vegada estava més preocupada i el cor em martellejava el pit.

—Es disposen a començar el ball... —va murmurar l'inspector Field, al meu costat—. A mitjanit, tal com ho havien anunciat. —Va encongir les espatlles—. Són els privilegis de la noblesa: se'n van a dormir a tres quarts de quinze perquè l'endemà no cal que es presentin al despatx!

La mitjanit. L'inici del ball. Per a en Moriarty, aquell era el millor moment per completar el seu pla... Però, com ho pensava fer, entremig de tantes persones? I com es pensava escapar sense que se n'adonés ningú? El saló de Lord Featherstone era a la planta noble de la mansió, a més de sis metres del carrer, cosa que impedia la fugida per les finestres. Una copa enverinada? Però, com es podia assegurar que només mataria Lord Featherstone? Un dard? Una sarbatana? En Moriarty era allà, entre nosaltres, sota la mirada del seu mestre de Scotland Yard...

«No!», vaig pensar de sobte, aferrant el braç de l'inspector. No era entre nosaltres.

Era a dalt.

—A dalt! —vaig cridar, assenyalant l'enorme llum de sostre que oscil·lava enmig del saló, entre els cassetons hexagonals del sostre daurat. Exactament per damunt del lloc on Lord Featherstone i la seva esposa estaven a punt d'inaugurar el ball de les seves noces.

Capítol 22

EL DILEMA DEL CAMBRER

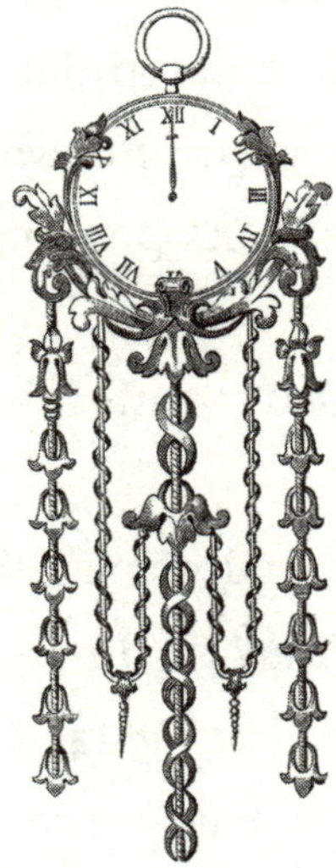

—Un moment d'atenció, sisplau! —va exclamar en Charles Frederick Field, exinspector de Scotland Yard, prenent la paraula—. Senyores i senyors! Un moment d'atenció! —Va avançar fins al centre del saló i, quan hi va arribar, es va girar per dirigir-me una mirada que significava: «Vés-te'n!».

El senyor Field em proporcionava el temps que necessitava. I me'n vaig anar.

Vaig sentir el començament del seu discurs, per darrere meu, i vaig sortir al galop del saló. De poc que no topo amb un cambrer que pujava les escales, panteixant. Dos trams d'esglaons per sota meu, vaig sentir la veu de l'Arseni.

—Deixeu-nos pujar! —cridava—. És una qüestió de vida o mort!

—Senyoreta... —va balbucejar el cambrer.

No li vaig donar temps de dir res més. El vaig apartar amb una empenta, em vaig agafar a la barana de l'escala i em vaig abocar al buit. Vaig veure els meus dos amics a l'entrada: el personal de servei els barrava el pas.

—Arseni! Sherlock! Sóc aquí! —vaig cridar—. I també hi ha l'inspector Field!

Dotzenes de parells d'ulls van mirar en direcció a mi. I en aquell moment, l'Arseni i en Sherlock es van saltar el bloqueig i van arrencar a córrer escales amunt.

—Ei, vosaltres!

—Alto!

—On aneu?

Vaig mirar enlaire. Més enllà de l'entrada del saló,

l'escalinata ascendia cap als pisos més alts de la mansió, però estava clausurada amb un cordó de passamaneria vermella. Què hi devia haver, al damunt? Els dormitoris, segurament. I l'allotjament del servei.

—Escolta'm —vaig dir al cambrer, en un to que no admetia discussió—. Què hi ha, dalt del saló?

Mentrestant, sentia acostar-se les passes dels meus amics, que corrien per les escales.

El cambrer va intuir que no era el moment oportú per crear més confusió i es va mostrar extremament ben disposat.

—Les habitacions de Lord Featherstone i de la senyora són al capdamunt de les escales, però... són en aquest costat de l'edifici. Damunt del saló, hi ha un entresolat i, més amunt, els nostres allotjaments...

—I com s'hi va, a l'entresolat? —li vaig demanar.

L'Arseni i en Sherlock van arribar al meu costat, esbufegant.

—Ja ha intentat matar Lord Featherstone? —em va preguntar el primer.

—L'has trobat? —em va preguntar el segon.

El cambrer es va posar pàl·lid i va mirar, indecís, la resta del personal de la casa, que havia seguit els meus amics per provar d'aturar-los, i que ara s'havien quedat muts.

Ens va arribar el ressò del discurs, llarg i avorrit, que l'inspector engegava al saló de ball.

—Vaig sentir un immens plaer quan em vaig assabentar que el meu amic George...

La gran busca negra d'un rellotge de pèndol que hi havia al capdamunt de les escales estava a punt de marcar la mitjanit.

—Per on s'hi va, a l'entresolat, sisplau?! —li vaig suplicar.

—Quiets!

—Aviseu la policia!

—Per aquí —em va respondre el cambrer—. Segueixin-me!

I ens va guiar, travessant una porteta, per un passadís molt estret que recorria tot el perímetre del saló i permetia que el servei hi entrés per diverses portes sense ser vistos. Allà dins, pràcticament a les fosques, ens vam creuar amb cinc cambreres, que esperaven el moment oportú per entrar al saló.

—Pugin per aquí! —ens va dir el cambrer.

I vam pujar. Al començament, amb molt d'ímpetu, però un cop superat el primer tram d'escales, amb una gran cautela.

—A poc a poc! —va xiuxiuejar en Sherlock, preocupat per si en Moriarty havia col·locat algun parany a l'escala. L'Arseni ja anava cinc esglaons per davant nostre.

Ens vam adossar a les parets i pujàvem els esglaons d'un en un, procurant fer el mínim de soroll possible. L'escala era estreta i estava mal il·luminada.

Després del segon tram vam arribar a un replà estret, amb un sostre tan baix que amb prou feines podíem estar drets.

—Deu ser aquesta... —vaig xiuxiuejar a en Sherlock, que caminava darrere meu. El cor em bategava esbojarradament.

—Arseni... Compte... —el va advertir en Sherlock, veient que el nostre amic s'acostava a la porta.

—No pateixis! —li va respondre. Però semblava posseït per un rampell de furor. Va agafar el mànec de la porta i el va estirar. Estava tancada.

—Ja n'hi ha prou, d'aquest color! —va exclamar. I la va esbotzar d'un cop d'espatlla.

La porta es va desenganxar dels muntants amb un gran estrèpit, l'Arseni hi va entrar rodolant per terra, però es va tornar a aixecar com una molla.

—Dóna la cara, tros de covard!

Però en aquella estança no hi havia ningú.

Era un lloc fosc i baix, amb un terra format per una graella de taulons de fusta que sostenien el sostre de cassetons que havia admirat a baix. L'únic llum que hi havia en tota l'estança era una espelma que cremava sota una corda gruixuda que la travessava en diagonal.

—Allà a baix! —va cridar en Sherlock, així que la va veure, i es va llançar en aquella direcció.

No hi havia dubte que aquella corda era la que sostenia, ancorant-lo al sostre, el gran llum del pis de sota. La flama de l'espelma ja l'havia cremat gairebé del tot i només en quedava un trosset socarrimat.

—La corda, de pressa! —vaig cridar. I, mentre cridava, vaig sentir el primer toc de la mitjanit.

En Sherlock i en Lupin van travessar l'entresolat saltant per entremig de les bigues amb una agilitat sorprenent. I van arribar al costat de l'espelma just quan la corda es va trencar amb un espetec sinistre. L'Arseni la va aferrar al vol. I en Sherlock al cap d'un instant.

El pes del llum els va arrossegar cap a baix i, per sota els nostres peus, hi vaig sentir uns crits espantats.

En Sherlock va perdre l'equilibri i va fer una mala caiguda a terra, deixant sol l'Arseni, arrapat a aquell colós de cristall que el xuclava cap avall.

—NO TE'N SORTIRÀS! —vaig sentir que cridava, mentre eixamplava les espatlles i s'apuntalava a terra amb totes dues cames. Udolant per l'esforç d'aguantar tot sol aquell pes, va relliscar unes quantes passes mentre els crits de sota eren cada vegada més forts.

Després es va aturar, vermell com un pebrot, amb les venes del coll tan inflades que semblava que estiguessin a punt d'explotar. Dels llavis li sorgia un so inarticulat, un crit que semblava un grunyit ferotge.

—AAAAAAAAAAH! —udolava el meu amic, dret, subjectant tot sol l'enorme llum de sostre.

Va ser una demostració de força en estat pur, una escena que, només il·luminada per la flama de l'espelma que tenia al darrere, semblava la representació d'una gesta mitològica. Com si l'Arseni s'hagués transformat en un heroi grec, invencible. Llavors en Sherlock, ensopegant, va retornar a la seva posició i va aferrar la corda al costat del seu amic, i l'heroi va desaparèixer, deixant el lloc a un noiet adolorit, amb les mans segades per la corda. M'hi vaig afegir jo també, i tots tres, ajudant-nos els uns als altres, vam aconseguir mantenir aquella posició fins que, per fi, van venir d'altres.

El primer d'arribar va ser l'inspector Field. El segon, el meu pare.

—Alabat sigui Déu! —van exclamar.

—De pressa! De pressa! Necessitem més ajuda!

Al cap d'uns instants vam poder passar la corda a unes mans més fortes i nombroses que les nostres, i ens vam aclofar a terra, asseguts a les bigues del sostre de cassetons.

—Aquesta vegada tampoc li hem vist el pèl, a en Moriarty —va dir en Lupin, panteixant—. Ha muntat l'escenari i ha fumut el camp. Toca't els nassos!

Li vaig mirar les mans, negres i sangonoses, com les d'en Holmes, que seia al seu costat. I vaig arrencar a riure. Una rialla nerviosa, irreprimible, que em va sorgir de la gola com una alliberació.

—Es pot saber de què rius? —em va preguntar en Lupin. Però ell, estranyament, també estava de bon humor. Als ulls, se li tornava a reflectir aquella alegria infantil, de nen rebel, que li vaig veure quan ens vam conèixer.

No em podia contenir. No parava de riure, i ells, primer l'Arseni i després en Sherlock, es van posar a riure amb mi.

Capítol 23

L'ÚLTIMA LLETRA

Quan els invitats a la festa van començar a marxar cap a casa, l'inspector Field ens va ensenyar que a la biga on hi havia lligada la corda que subjectava el llum de sostre hi havia gravada aquesta frase:

N was a Nobleman, gallant and bold.
Pregunteu a l'inspector Field.

—No tinc paraules. De debò que no tinc paraules. I sens dubte que ha organitzat tot aquest muntatge a posta per fer-me mal... —va murmurar el vell investigador, mentre ens ho ensenyava—. No sé com donar-vos les gràcies, nanos.

—No es mereixen, inspector... —li vaig respondre jo, en nom del trio.

—A disposar! —va afegir l'Arseni.

En Sherlock, en canvi, semblava que s'hagués quedat mut. No sabia si era per la desil·lusió de no haver-se enfrontat cara a cara amb en Moriarty o pel cansament d'aquella nit tan increïble.

L'inspector va demanar que atenguessin les ferides de les mans dels nois i vam baixar al pis de sota. Un dels invitats de Lord Featherstone era metge, i va curar les excoriacions de l'Arseni i en Sherlock. Els va fer despullar, i vaig veure les costelles cantelludes del nostre amic londinenc, blanques, amb unes esgarrinxades vermelles al lloc on l'havia colpit un fragment de vidre. Va serrar les dents i no va fer ni un gemec mentre l'embenaven. L'estat dels palmells de l'Arseni encara era més preocupant —si això era possible— perquè la corda, que havia arreplegat just quan es trencava, els hi havia segat com una tralla. El metge va donar unes instruccions a la cuinera de Lord Featherstone i li va aplicar un cataplasma de pastanagues, carbassa i fulles de col. Després, va fer preparar un decuit de llavors de codony, sagí i llard.

—No em deu voler posar al forn després, oi, doctor?

Amb nosaltres, només s'hi havia quedat un grupet reduït: el pare, Lord Featherstone i poques persones més.

L'amo de la casa ens va fer servir a tots, també als més joves, un gotet de cordial. I nosaltres vam relatar totes les nostres investigacions fil per randa.

—Déu n'hi do, benvolgut Leopold! —va exclamar Lord Featherstone quan vaig explicar les meves sospites pel que feia a la invitació al Crystal Palace—. Més que una princeseta, la teva filla és una petita fúria!

I no vaig tenir clar si allò era un compliment, o no...

Però de seguida vaig entendre que sí, que ho era, perquè al cap d'uns minuts, quan van arribar dos agents de Scotland Yard amb el senyor Nelson, que els havia anat a buscar, el noble va fer un apart amb mi, em va estrènyer les mans amb dolcesa i em va donar les gràcies.

—Dec la meva vida per partida doble: en primer lloc, a la presència d'esperit d'en Frederick. Però, sobretot, l'hi dec a vostè, petita senyoreta Adler. Per a qualsevol cosa que necessiti, ara o en el futur, recordi que les portes de la casa Featherstone sempre estaran obertes per a vostè.

Evidentment, l'última cosa que ens faltava entendre era com s'ho havia manegat en Moriarty per organitzar l'últim moviment del seu pla criminal. Però no va ser gens complicat esbrinar-ho. El majordom de la mansió ens va confirmar que, tres dies abans, un dels criats més joves, en Harry Walker, s'havia trencat una cama en un accident i havia enviat un cosí llunyà perquè el substituís.

—Un nano molt espavilat, obedient i ràpid. Era un plaer tenir-lo aquí: no calia explicar-li gairebé res... —va puntualitzar el majordom.

És a dir, que en Moriarty s'havia introduït a la mansió Featherstone amb el nom de Tom (com el personatge de la cançó). I, naturalment, el jove Tom, el presumpte cosí d'en Harry Walker, havia desaparegut. Un altre cambrer va confirmar que aquell dia s'havia presentat a la feina, però que s'havia fet fonedís poc després que comencés la festa.

L'inspector Field va demanar a uns agents que anessin a casa d'en Harry Walker, per assegurar-se que estigués bé. El van trobar emmordassat i lligat al llit, en una habitacioneta de Harrow Alley, amb una cama trencada però perfectament encanyada. En un estat de confusió, els va explicar que un noi que no coneixia de res l'havia cuidat els últims tres dies, amenaçant-lo de mort si s'atrevia a sortir de l'habitació. Però allà, a part del relat incoherent del pobre Harry Walker, en Moriarty tampoc hi havia deixat ni la més mínima pista de la seva presència.

Per tant, encara que havíem aconseguit destarotar el seu pla a l'últim moment, la seva absència ens va deixar amb la sensació que ens havia quedat un tema pendent. Una trobada, una última venjança, alguna cosa que encara s'havia de portar a terme.

Les nostres conclusions sobre com havien anat les coses, tot i que les acreditava la lògica fèrria de la nostra reconstrucció, no les confirmava cap prova tangible, i per tant no vam arribar a saber mai si realment havien tingut lloc tal com les havíem reconstruït.

I havent esborrat completament el seu rastre, el jove delinqüent estava a cobert, també gràcies als diners que havia aconseguit amb el robatori de les monedes de la seca.

—Per ser sincer, senyors meus —va dir Lord Featherstone, a quarts de dues, en un saló gairebé desert—, aquell llum de sostre no m'havia agradat mai.

Capítol 24

EL CAPTAIRE DEL TEATRE GLOBE

—Em moro, Horaci! Adéu, dissortada reina! I a vosaltres, que pàl·lids i tremolosos ho presencieu com comparses i espectadors, si tingués temps... però la Mort, aquest agutzil cruel, compleix massa bé el seu deure... us diria... Que sigui el que hagi de ser. Em moro, Horaci. Tu, que viuràs, fes-me justícia i explica honestament tots els meus actes, a qui els vulgui saber!

Es van sentir descàrregues, una ràfega de trets, i em vaig sobresaltar, molt espantada. I llavors em vaig adonar que unes llàgrimes calentes em lliscaven per les galtes, mentre mirava l'escenari del teatre. Hamlet, el bon Horaci... i també Fortimbràs, que entrava amb els ambaixadors, però ja era tard, massa tard!

Hamlet havia begut de la copa enverinada i ja no s'hi podia fer res.

En Sherlock, que seia al meu costat, estava mut, impassible, i seguia l'escena amb un silenci contingut. Per la postura rígida de la seva esquena, com si li haguessin disparat a ell, comprenia que també estava tens i trasbalsat. Però no es podia permetre la debilitat de fer-m'ho saber.

—Poseu el cos de Hamlet en un cadafal... —va dir Fortimbràs, al final de la tragèdia—. Retireu els altres cossos i ordeneu als soldats que disparin els canons.

I, finalment, va caure el teló. I quan va caure, aquella divisió en dos del món real i el de l'escenari va ser com una ofensa. El públic que ens envoltava, dret, com nosaltres, i que també feia més de cinc hores que estaven dempeus, va reaccionar amb uns murmuris insatisfets.

Després algú va cridar «Bravo!» i algú altre va aplaudir. Primer, tot sol; després, s'hi van afegir més espectadors. Al final, una salva d'aplaudiments clamorosa, alliberadora, ens va colpir amb la força de l'última interrupció. El soroll dels palmells de les mans que picaven els uns contra els altres ens va arrencar d'una vegada per totes del castell d'Elsinor i la desgraciada cort de Dinamarca, per retornar-nos allà, a Londres, al gran cercle de fusta del teatre Globe.

Vaig plorar encara més fort i en Sherlock em va abraçar per protegir-me de les meves fantasies ferides. Ens hi vam estar força estona, així: jo sanglotant i ell estrenyent-me, enmig d'una multitud que aplaudia un espectacle que havia estat meravellós, esgotador i terrible. Plorava en honor del geni que havia escrit aquelles paraules. Plorava perquè la bellesa, fins i tot quan ens fa patir, ens marca amb unes emocions indelebles. I estava contenta d'haver-les compartit amb en Sherlock aquell dia, que mentrestant ja s'havia fet de nit.

Després dels fets d'en Moriarty, com potser ja he esbossat en aquestes confuses memòries que m'esforço a aplegar i presentar de la millor manera possible o, si més no, prou semblants a la veritat de tot el que va succeir (en honor als meus amics i del que més endavant vam arribar a ser, tal com Hamlet va demanar a Horaci), com potser ja he escrit abans, després d'aquella investigació, de sobte, van canviar moltes coses. Però no hi va haver un trencament, encara no. L'arribada de més veritats incòmodes sobre el meu passat era imminent. Ens ho hauríem pogut imaginar, però llavors cap dels tres s'esperava que les coses anirien d'aquella manera.

No. Els canvis d'aquella nit van ser subtils, i potser només són visibles a hores d'ara, al cap de molts anys. Els va provocar en Moriarty, en primer lloc, i el seu fantasma, que des d'aquell moment va aletejar en la vida d'en Sherlock Holmes. I aquell petó estrany, esbojarrat, que em va fer a la carrossa, seguit de les paraules «Estàs esplèndida» que el meu esquerp amic va pronunciar davant de l'Arseni i del bon jan de l'Horaci.

Els van provocar un seguit de pensaments completament nous, que m'assetjaven de nit, sobretot, i tenia la sensació que, com una mena d'alimentació misteriosa, em feien créixer, i encongien cada vegada més ràpidament els meus vestits.

Aquella nit va canviar el comportament de l'Arseni. Es va tornar menys impetuós i més respectuós. No sé si solament amb mi o també amb en Sherlock. I el tracte entre nosaltres va canviar, es va convertir en una mena de dansa, o més aviat un número de patinatge sobre una fina capa de glaç, que sota la línia de l'esquerda amagava l'aigua glaçada de l'hostilitat.

Continuàvem sent nosaltres, el trio de sempre, però hi notava un aire insidiós (si d'una ferida als sentiments se'n pot dir insídia, i no una tragèdia). I, com que a cadascun de nosaltres l'atreia la companyia dels altres dos i en tenia una necessitat obstinada, el fet d'estar junts, tots tres, requeria una gran cautela i, també, un cert distanciament. No ho sé explicar més bé.

Però potser ho podria provar.

En Sherlock s'havia presentat a casa meva amb les entrades del teatre Globe. S'havia pentinat i anava molt mudat, semblava un príncep rus que hagués vingut a passar la primavera a Londres. Em va demanar que l'acompanyés. I ho vaig acceptar, sense pensar-m'ho dues vegades.

—I l'Arseni? —li vaig preguntar.

En Sherlock havia comprat tres entrades. Però l'Arseni no va venir. Va dir que havia de treballar a West Norwood. Ens va dir i repetir moltes vegades que havia pogut subjectar el llum de sostre gràcies a la força dels músculs que havia fet aixecant caixes de fusta de pi. I, a més, no hi havia gaire diferència entre el cementiri i *Hamlet*: al capdavall, tot plegat anava de difunts, va afirmar.

Per això hi vam anar nosaltres sols.

L'Arseni s'equivocava en el tema dels difunts. O, potser, ho havia entès perfectament. No feia per a ell estar-se cinc hores dret seguint el diàleg dels actors. Ja havia pagat el preu de perseguir un actor amb l'esperança de treure'n molt més que un simple monòleg. I potser no volia que jo m'adonés que l'hauria fet sentir molt incòmode entrar en el món del teatre, creure-se'l i voler-s'hi quedar. El teatre és una qüestió purament mental, destinada a persones molt senzilles o molt complicades.

Potser jo formava part del primer grup i en Sherlock del segon. Però l'impetuós Arseni, el magnífic Lupin de rialla encantadora, en moviment continu i a la recerca de si mateix, encara no havia decidit de quin grup era.

Vam caminar per la vorera enmig del flux d'espectadors que feien petar la xerrada: uns comentaven una escena, uns altres preguntaven on podien anar a fer un mos, i a uns altres, com nosaltres, els esperaven a casa al més aviat possible.

—Ha estat molt bonic... —vaig dir, embadalida.

—Sí —va admetre en Sherlock, amb una punta de sorpresa barrejada amb disgust. Com si s'hagués hagut de rendir davant d'una cosa més gran que la seva lògica—. Hi hauríem de tornar, de tant en tant.

—Però la pròxima vegada, que sigui una comèdia —vaig replicar.

Em va mirar. Hi estava d'acord. Per veure una comèdia, podríem arrossegar l'Arseni al teatre. I després aniríem tots tres a brindar a la Shackleton, o a casa meva, a sopar amb el pare i el senyor Nelson, saltant-nos les jerarquies i les formalitats del món que ens envoltava.

—Una moneda, senyors, sisplau! —va barbotejar un captaire que ens passava pel costat en aquell moment.

Només teníem els diners justos per tornar a casa, i vam tirar endavant, fins a arribar a una esplanada on s'esperaven uns carruatges.

Va ser llavors que en Sherlock es va adonar del sobret que tenia a la butxaca. Sorprès, el va obrir i el va llegir:

Vigila la noieta, Holmes.
Ens tornarem a veure molt aviat,

M.

En Sherlock va engegar una exclamació sobtada, es va tombar, escrutant el carrer amb la mirada, però ja era massa tard.

El captaire de feia uns instants havia deixat caure a terra el seu abric esparracat i ara ens saludava des de l'estrep d'un carruatge alhora que, sarcàsticament, es treia el barret que li cobria els ulls.

ÍNDEX

1. *Una dama en una carrossa* 5
2. *Un xiulet de més* 13
3. *L'encís de la jardineria*.................................23
4. *Un cuiner, un ataconador i una fletxa*.............31
5. *Un tomb per Shoreditch* 47
6. *Una qüestió d'aparences*.................................53
7. *El cas dels culpables no culpables*...................63
8. *Una qüestió d'estil* 77
9. *Rodolins per a criatures*..................................89
10. *Grans de sorra*.. 105
11. *Els venedors d'ostres*.................................. 117
12. *Una estrella misteriosa*............................... 131

13. L'inici i la fi 141
14. La testimoni 151
15. La lletra que hi faltava 157
16. Temps de revelacions 165
17. El palau de cristall 177
18. Un artista en escena 185
19. La geometria de la venjança 199
20. La invitada inesperada 205
21. Una festa de noces 211
22. El dilema del cambrer 227
23. L'última lletra 237
24. El captaire del teatre Globe 243

IRENE ADLER

SHERLOCK, LUPIN I JO

IRENE ADLER

SHERLOCK, LUPIN I JO

Tres nois extraordinaris, amics inseparables.
Una sèrie d'aventures, misteri i suspens.

---

1. El trio de la Dama Negra
2. L'últim acte al Teatre de l'Òpera
3. El misteri de la Rosa Escarlata
4. La catedral de la por
5. El castell de gel
6. Les ombres del Sena
7. L'enigma de la Cobra Reial
8. L'esfinx de Hyde Park
9. Crim a la cacera de la guineu
10. El senyor del crim

LONDON
BINGLEY'S HOTEL
French cuisine

The Old Arcery Competition
1872
WEST BERKSHIRE